聪明的妈妈像傻瓜

让孩子独立成长的81种教养智慧

袁梅——著

CONGMING DE MAMA XIANG SHAGUA
RANG HAIZI DULI CHENGZHANG DE 81 ZHONG JIAOYANG ZHIHUI

接力出版社
Publishing House

图书在版编目（CIP）数据

聪明的妈妈像傻瓜：让孩子独立成长的81种教养智慧 / 袁梅著. —南宁：接力出版社，2017.9
ISBN 978-7-5448-5031-5

Ⅰ.①聪… Ⅱ.①袁… Ⅲ.①纪实文学—中国—当代 Ⅳ.①I25

中国版本图书馆CIP数据核字（2017）第185131号

责任编辑：楚亚男　美术编辑：许继云
责任校对：刘艳慧　责任监印：刘　冬
社长：黄　俭　总编辑：白　冰
出版发行：接力出版社　社址：广西南宁市园湖南路9号　邮编：530022
电话：010-65546561（发行部）　传真：010-65545210（发行部）
http：//www.jielibj.com　E-mail：jieli@jielibook.com
经销：新华书店　印制：北京联兴盛业印刷股份有限公司
开本：710毫米×1000毫米　1/16　印张：17　字数：200千字
版次：2017年9月第1版　印次：2017年9月第1次印刷
印数：00 001—15 000册　定价：36.00元

目录

第五章　专业之路

第六章 补课在美国

写在后面

写在前面

在这个时代，聪明人太多，竞争太激烈，且花样翻新，孩子们往往无所适从。如此，做个“傻瓜妈妈”，也许更好。

“傻”不是智商有限，而是爱子有方。

“傻”不是放任自流，而是张弛有度。

老梅以为的“傻”是这样的——

第一傻：做任何事都慢一拍，给孩子一个自由发挥的空间；

第二傻：不计较，略迟钝，宽容大度；

第三傻：礼貌忍让，做谦谦君子；

第四傻：从内心出发，少一分功利；

第五傻：肯吃亏，敢于承担；

第六傻：成全他人，保持善良；

第七傻：基本底线牢固，坚守原则，快乐，富于同情心；

第八傻：不攀比，自得其乐，对世界永远充满好奇心。

如此看来，做个“傻瓜妈妈”也是件有难度的事呢。

名词解释："呆妈"与"瓜仔"

本书主要人物：

王尔清先生幼时给自己取了一个名字——安尼，因此，在进初中之前，大家都称他为"安尼"，进了初中之后才开始叫他的大名——王尔清。

到了中央音乐学院附中后，他的同学又给他起了一个外号叫"涓涓"，涓涓同学捎带着给老梅起了一个外号叫"溜溜"。

安尼、奥利弗、涓涓……都是尔清不同时期的代号。

袁老梅、老呆呆、溜溜……都是专属老梅的代号。

古鲁是王尔清他爸。

三岁多的时候，安尼先生迷上了抄字典，先是抄《新华字典》，后来觉得不过瘾，又开始抄《辞海》。

有一天，他突然对着《辞海》大喊起来："什么老梅，应该是老呆呆才对！"

老梅探过头去看，原来安尼先生正在研究古体"梅"字，写出来是"呆呆"两个字并排在一起。

这个发现令安尼很兴奋："难怪你这么笨呢！"

"老呆呆，老呆呆……"他欢快地叫着，之后便开始念各种改良版、升级版的"呆"字成语：呆若木鸡、呆头呆脑、呆气回肠、呆头蛇尾、呆呆生风、呆花怒放、呆气奋发、呆勇向前、呆胆龙威、呆娘半老……在幼儿园成语接龙学来的词全蹦出来了。

老梅急了，问道："我是老呆呆，那你是什么？"

安尼先生嬉皮笑脸地扬起脖子："我，当然是小呱呱了，呱呱叫的呱！"

这回好了，老梅母子升级成“呆瓜组合”了，像一部著名的美国喜剧片。

老梅说：“呆瓜组合今天宣告成立了！”

安尼先生说：“放心，以后我会不断地教育你、帮助你的。”

老梅说：“希望我以后没那么笨了。”

安尼说：“在我面前你永远是个老呆呆，因为我的进步永远比你快。”

好吧，只要你不断成长，老梅愿意永远做你的“老呆呆”！

写给儿子的感谢信

一直以来，有朋友鼓励老梅将这么多年来与安尼先生既团结又“斗争”，既互助又互学的各种逸闻趣事写出来，安尼先生的各种古灵精怪、刁钻顽皮和脑洞大开，总能令周围的朋友或拍案叫绝，或面面相觑、无言以对……

细细想来，老梅竟然觉得，该给儿子好好地写一封感谢信，在这十八年的生活中，安尼先生给予老梅的教育和帮助要远远高于老梅那些鸡零狗碎的付出。可以说，安尼先生是这么多年来老梅观察世界的“复眼”，是让老梅回归心灵的“拴马桩”，是老梅面对外部世界的“定海神针”……

做母亲，其实是女人的一次重生，因为有了一个新的尺度来丈量生活，有了一个新的出发点，需要重新检讨自己的目标和价值观……

孩子是母亲成长的助推器和“照妖镜”，让老梅可以认清来时的路，看清目标。老梅知道：孩子是上帝寄养在自己家的天使。

转眼间，安尼先生中学毕业进入了他心仪的大学，老梅也从一个风风火火的“女汉子”被磨炼成了一个云淡风轻的漫步者。感谢儿子这么多年的“不离不弃”，感谢儿子对处于各种困境中的老梅“指点迷津”，感谢你让老梅随时回到初心……

老梅写下这份感激，写下与儿子共同成长中的点点滴滴，这也是一个母亲的感悟，分享出来，供广大母亲一起欢愉。

第一章
“生”前功课

生孩子不是一次偶然的冲动，而是一个庞大的系统工程。想明白了，“有备而来”，列出一个“未来清单”很有必要，它会让这个“工程”变得有序而安全。

1. 生还是不生？这是个问题……

三十岁之前，老梅是打定了主意当“丁克”的，一来是觉得自己的心智还没成熟，青春期正漫长着呢！一堆“宏伟目标”有待实现，实在抽不出时间来生孩子；二来是看自己的同龄人成了“孩他妈”“孩他爸”之后，张口闭口就是“我家娃”的“三字经”，实在是凡俗不堪；三来是担心生孩子实在是一个巨大的系统工程，没有足够的人力物力，恐怕会让孩子和大人都陷入各种凌乱和困顿。

老梅从前是个文艺小清新，总想着青史留名、雁过留声之类的事，还为此从江南闯进了帝都，成了一个“北漂”，总想着干一番“轰轰烈烈的大事”，生孩子这件事完全没有排上日程，虽然娘家婆家各种威逼利诱，全无一丝心动。

在京城晃荡了几年，见识了形形色色的“成功”，心里渐渐有点空落落的，多年的婚姻生活，时而风和日丽，时而黑云压城，京城里的各种花枝乱颤，各种秋波浩荡，时不时令人打个寒噤。

有一天，一位在职场、情场上拼搏多年的姐妹突然华丽转身成贤妻良母，她用幸福的口吻对老梅说道：“赶紧生个孩子吧，没有孩子怎么叫家？没有孩子怎么证明你曾经爱过一场？所有契约式关系都是不牢靠的，唯有血脉才是扯不断的…… 还有，你与其给世界留一堆文字和影像作品，不如留一个生命来得更有意思……”

一旦起了这个念头，各种声音便奔涌而来：

“女人最好的作品就是自己的孩子。”

“有了孩子之后，男人和女人的情感会找到一个新的汇聚口，关系也会随之更加稳定。”

“孩子的成长过程是一面镜子，它可以让我们看清自己来时的路。”

……

不生孩子的借口千千万，每一条说起来都振振有词；要生孩子的理由也是万万千，每一个说起来更加理直气壮。

天秤座的老梅有天然的选择困难症，老梅知道各种事情都有正反里外多面，好人亲人凡人爱人各种，只要人性在，就难免会有各种温润如玉、各种柔情似水。但人也属动物，一旦本能肆虐，也会有风霜雨雪、凶猛叵测……

所以，老梅需要斟酌：生还是不生？这是个问题……

智慧小贴士 01

◇ 想要孩子的若干征兆：看见可爱的孩子走不动道了，暗想，我的孩子会是什么样的？看见儿童用品就想摸摸；想抱别人家的孩子；独自在家的时候突然觉得无聊了……

梅想到

2. “生”前测试题

为了平衡内心的纠结，老梅设计了一份“生”前测试题，给自己列出了十个主要问题，如果对其中六个问题的回答是肯定的，那便生吧。

No. 1 你和家人是否欢迎他的到来？

想当初，老梅的妈妈杨师傅为盼一个闺女真是望眼欲穿啊，老梅有两个哥哥，私下里常常臆测，当初杨师傅生下老梅之后该是何等心花怒放啊。每次想到这儿，老梅便会自豪良久，这种幸福感支撑了老梅的大半生。

老梅想，自己已经期盼一个小生命来临了，一种对未知生命的好奇心越来越强烈。

至于家人们，无论是娘家人还是婆家人都恨不得替老梅生一个呢。

现在老梅就期待一个新生命的降临，不论男女，唯求健康。

No. 2 有没有稳定的经济基础保障从容的母子生活？

老梅出生于一个平民家庭，在困顿的年代里和天下的大多数人一起困顿，并在困顿之中学会了很多生活的技术和窍门，在物质贫乏的年代里最大限度地提升自己的快乐指数。老梅相信自己的能力，能将物质因素降到最低层面…… 更加幸运的是，老梅是个手艺人，拍电视、写作，甚至还能当个家政员养活自己，生计没有问题。

但老梅还是想，必须要有一份基本的生活保证费存在那里以防不测，老梅不想由于经济原因让自己和孩子的生活在困顿中度过。无论如何，一份“不可预见费”可以让初为人母的老梅心境从容许多。

家家有本难念的经，算好了账，把这“经”预先浏览一遍，以后念起来会好念许多。

No.3 有没有一个可随时求助的支持系统？

虽然说生孩子是个人的事，应该自力更生，想当初我们的父母辈都是带大了一群孩子的……但保不齐有什么突发事件降临，这时候有没有什么可以求助的亲人和朋友？这不仅是一种物质支持，更是一种精神支持，让你知道“你不是一个人在战斗”。

假如经济宽裕的话，你可以请个“月嫂”或是小时工，再或者有一位住家保姆……重要的事情靠自己没错，但不管怎样，都要把各种可能的突发问题及时想在前面，以免到时候手忙脚乱。

No.4 你的身体是否健康？

这个问题的重要性已经无须回答了。理论上说，越早生孩子，妈妈身体的各项功能恢复得就越快越好，带孩子也会更得心应手一些。

No.5 是否愿意为孩子调整自己的人生计划？

随着孩子的降临，两人世界变成三足鼎立，变化是巨大的，各方面都需要一个根本性的调整。

怀孕十月，产后各种头绪，生孩子是需要支付足够的时间成本的，需要你在某一段时间里局部“放弃事业”，必须配合孩子有一个新的人生计划。所谓“一孕傻三年”，其实是在这段时间里，你的生活重心偏离了原有的轨迹，需要进行一种新的调整，要把孩子的成长作为一个重要的议题来考量。

No. 6 有没有足够的时间来陪伴孩子？

长辈们帮忙带孩子本来应该是偶然现象，但现在似乎变成了常态，老梅要求自己有能力生，就要有能力来养，而这个“养”的关键是陪伴。面对这个家庭新成员，你能有多少时间来陪他？睡前故事，一日三餐，给他唱歌微笑，陪他晒太阳答疑……在最初阶段，新手妈妈不可能有充足的睡眠，更不用说妊娠期的各种反应和折腾，你做好心理准备了吗？生活中总会有点风浪，孩子有个头疼脑热，有个小灾小难的时候，你能毫无怨言地陪伴吗？现代的中国家长们一旦发现孩子有点小毛病就要进医院，甚至像打仗一样全家上阵，因为大多是独生子女，每个孩子都肩负着千钧使命，何况还有各种猝不及防和不可预见的事故。你能做到放平心态，毫不抱怨吗？

我们愿意把多少时间给他？这个从一开始就必须规划好。

No. 7 能为孩子戒掉自己的不良嗜好并改变生活习惯吗？

父母是孩子成长路上最早的人生导师，身先士卒做出表率才是最实际的教育。可不可以为了培养孩子的阅读和思考习惯而关掉电视？可不可以为了培养孩子的艺术感，放弃玩电子游戏，用音乐来替代？可不可以把视线从手机上转移到孩子身上？能不能停止疯狂购物，来培养孩子的节俭品质？能不能为了培养孩子的纪律性而注意自己的言辞，约束自身的种种行为？总之，你要求孩子做到的，你自己必须首先做到。放平心态，面对可能面临的所有困境和磨难，因为你们其实是心心相印的，作为父母，你们要学会承担，因为父母特别是妈妈，是为孩子抵挡外界伤害的第一道堤坝。

No. 8 你们可以平等相待吗?

老梅一直讨厌那种仗势欺人的霸权家长作风，一向觉得父母和孩子应该是平等相待的朋友，尤其在人格上应平等，谁也不是谁的从属和附庸。那我们能从做好自己开始吗？平等相待，尊重孩子的选择，理解孩子的言行，充分沟通，共同建立起来的规则就共同遵守，知错就改，勇于道歉，虚心向孩子求助求教，谁对就听谁的，我们是朋友，我们共同成长。

再则，对孩子，老梅足够自立，无须“养儿防老”；对父母，老梅一向以报恩的心态来对待，他们是哺育并伴我成长的人，也是我的亲人和朋友。

千万不能利用自己成人的优势去逼迫孩子做任何他不愿意做的事，要让尊重成为一种习惯。

No. 9 他一定要“成功”吗?

你能保证让他自由成长，不把自己未竟的“成功”梦想强加给他吗？你能容忍并陪他度过生命中的各种危机吗？你能容忍他的失败和缺点，不论他是美是丑，是否健康，是否聪慧……不管他是什么样的生命，都一如既往地爱他，帮助他，祝福他吗？……这么写有点像结婚誓言，但这比结婚誓言更牢不可破，因为他是你永远无法割舍的血脉。

再则，面对现在恶劣的自然环境，生育一个身体健康的孩子是所有父母的愿望，但是生孩子在很大程度上又像是一场赌博。做好各种准备的同时，别过分担忧，坦然地接受上帝赐予的礼物就好。

No. 10 你能适度放手吗?

孩子是属于未来的，我们担负着母亲的责任，只是他成长的助推器。他们终究是要独立生活，终究是要奔赴远方的。龙应台的《目送》说透了其中的因果和缘由。未成年时用尽心血陪伴其成长，成年后放他远行，让他自由飞翔，就像割断脐带一样地分离开来，那其实是母亲们的一次自我断乳。祝福他们，但不羁绊；爱护他们，但不宠溺。这个分寸是天下父母的难题。我们要和子女保持最合适的、最舒服的距离，心相连却不牵手，孩子是上帝寄养在我们家的天使，他终将独自飞翔。

老梅深知，父母其实比孩子更需要学习，更需要成长。

智慧小贴士 02

◇ 强烈建议父母生育前有一个“上岗”培训，这是一个太需要耐心、素质和技巧的岗位，几千年来都是自然“上岗”。做了这么多年的妈，不由得感叹，当妈是一个要智商、情商和财商的十八般武艺皆得练的专业岗位。

梅想到

3. 当妈前，先向“自己妈”取个经

要论起来，老梅也算是个幸福的人，幼时虽然家境贫寒，但父母相亲相爱，老梅从小到大就没见他们吵过嘴。对于孩子们，一直是倾尽心力，

言传身教。在老梅的记忆里，作为父亲的袁先生是个忠厚本分的会计，被下放农村劳动，在家的时间并不多。作为母亲的杨师傅，虽然聪明过人，但却是个文盲，本该是个大家闺秀，但鬼子来了，将杨家的家产付之一炬，从此一贫如洗。杨师傅三岁时母亲去世，五岁时父亲从军抗日，从此生死不知。杨师傅六岁时跟自己的阿姨邓婆婆漂到上海，十四岁时到江南当了一名纺织女工，后来，邓婆婆一直负责照料我们兄妹三人。

老梅在将生孩子这件事提上议事日程之后，便开始将之前袁先生和杨师傅对自己的教育做个总结，列出其中的得失优劣，思考哪些要发扬光大，哪些要避免重蹈覆辙。

随着年龄的增长，老梅越来越发现基因的强大，我们总是不可避免地在重犯那些曾经让自己深恶痛绝的错误，父母是我们的一面镜子，老梅想引以为鉴。

袁先生和杨师傅的文化程度都不高，但却有着对文化的足够尊重，生活再窘迫，也要保证孩子有书读，这对从小患有“文化饥渴症”的老梅来说实在是太幸运了。

从小，老梅利用杨师傅不识字这一点偷读了许多“杂书”，因为杨师傅只要发现孩子在读书，就决不会轻易打断。

杨师傅有句口头禅：“凡事替别人想想。”什么事想不通，就换到对方的立场想想，所谓“屁股决定脑袋”，这一点让老梅终身受益，保证钻进死胡同了还能出得来。

杨师傅还让老梅练习做家务，逼得老梅手脚勤快不懒惰。杨师傅还有句名言“眼怕手不怕”，不管多麻烦的事，只要动手去做，总能完成。老梅年轻时总抱怨杨师傅“偏心”，但是进入职业生涯之后，这动手能力却让老梅受益匪浅。

但是，杨师傅还是个固执且死要面子的人。从前，家里再穷，只要来了客人，杨师傅即使借钱也得搞出一桌丰盛的菜来给客人享用，小孩只能吃些客人走后的残羹冷炙。来一次客人，一家人要吃很长时间的萝卜干泡饭，苦不堪言。老梅想，以后一定不打肿脸充胖子，一定要让自己的孩子和客人吃一样的食物，还要让孩子上桌吃饭。

还有，那时候大人们有所谓“善意的谎言”，杨师傅逗老梅说：“你是白家桥下渔船上捡来的孩子，你亲妈正在四处找你呢，你白天叫我阿姨，晚上才能叫妈。”杨师傅还威胁说，“你要是不听话，马上把你送回渔船上去。”

听着老梅怯生生地对着杨师傅叫“阿姨”，大人们笑翻了，老梅立时就明白了，然后就报复性地大喊“阿姨”，连晚上也不叫“妈”了，这时轮到杨师傅急了，只能承认：那是骗你的。

这是老梅对成年人的第一次反抗，从此开始怀疑大人们的用心。大部分的家长都和自己的孩子开过这样的玩笑，殊不知，这种玩笑会严重伤害孩子对父母的信任感。

还有一个“我从哪里来”的问题，杨师傅第一次回答老梅说是“胳肢窝”，弄得老梅对自己和周边女人女孩的胳肢窝都研究了一遍，发现全无可能。

继续追问，杨师傅又说是“肚脐眼”，老梅又研究了好半天，发现这也是不可能的，从此认定了大人们的不可靠。

老梅想，要是自己的孩子以后提这类问题，那就直接给他打开一本妇产科手册吧。老梅打定主意，以后决不对自己的孩子撒谎，不管什么问题，一定实话实说，不知道的就和孩子一起去查资料弄个明白。

杨师傅是个美女，无奈生了姿色平平的老梅，杨师傅从不掩饰她对此的失望，总是说：“我家丫头还算聪明，但就是不漂亮。”这就愣生生地把老梅往才女的路数上推。老梅赌气般地故意往男孩子堆里闯，不顾外表，连少女怀春的念头都不敢有。

老梅想，不管将来生个男孩还是女孩，漂不漂亮，都要尽情地颂扬他的青春和美丽。

智慧小贴士 03

◇ 找个时间，和自己父母谈谈自己成长中的疑惑，搞明白自己成长中的“为什么”。

◇ 对自己父母的教育得失做个总结，思考哪些要发扬光大，哪些要避免重蹈覆辙。

◇ 父母是我们的一面镜子，我们教育孩子时需要引以为鉴。

梅想到

4. 做母亲其实是一种自我修行

为了迎接一个新生命的到来，老梅开始进行一系列的准备工作。

第一是心理上的调整。在此之前，老梅是著名的“侠客”和“暴徒”，心直口快，而且还是个马大哈；此外，老梅还是一个“愤青”，而且固执，喜欢一条道走到黑，莽撞、粗糙，经常莫名其妙地受伤……现在要当妈了，最要紧的是让自己安静下来，变得淡定和从容。

让自己安静下来就是要放下许多东西，换一种方式来处理自己和这个世界的关系，更加严于律己、宽以待人，宽待这个世界，所谓“退一步海阔天空”。

老梅发现了让自己安静下来的两个好“伴侣”——音乐和书法。老梅之前爱音乐，但只是业余爱好，现在老梅要让自己安静下来，学会倾听，听音乐，听自然的声音，当然，还有那个未来的孩子的声音。

书法的好处是能让人专注，在描摹中寻找自己的节奏，每天用一个小时来练书法，在专注中忘记身边的各种纷扰和杂音。

做母亲其实是一种自我修行。

静下来！静下来就放松了，就会发现身边越来越多的美好，美好的人，美好的事。把以往的一切先打包存放到另一个记忆空间，然后进行格式化，新的生活就要开始了。

第二是身体上的调整。老梅之前是著名的“拼命三郎”，之前在央视工作，编片子喜欢申请晚间的机房，在此之前做业余作家，白天上班晚上写小说，每天不熬到凌晨两三点都舍不得睡。

老梅出生在饥饿年代，从小对吃有一种强烈的渴望。上大学之后开始挣稿费，被同学们送外号“小地主”，之后变本加厉地各种吃，还有喝酒，常以大杯白酒抒发自己的豪情。

现在老梅决定要当母亲了，自然得克服种种陋习，让自己的生活变得稍微“正常”一点，不熬夜，不贪杯，不暴饮暴食，成为一个“文明人”。

第三是经济上和时间上的准备。怀孕、哺乳、孩子上学……每个阶段都需要不同的陪伴，不少的投入，问一下自己——你有多少时间可以奉献给孩子？

现在许多新手父母习惯让上一辈人来帮忙带孩子，这在老梅看来实在不是什么好主意。宁肯让保姆或者小时工帮忙，也不要轻易用自己的父母，老人可以做一些辅助工作，但千万不能成为主力。

第四是知识准备。虽然有各种各样的“产前辅导”，各种电视教程，但老梅还是准备了一本较为系统的“妈妈手册”，这是老梅从几十本各类育儿手册中精选出来的一本，有自怀孕到孩子十二周岁的全部卫生和保健知识，图文并茂，特别实用。老梅先是通读了一遍，将书中有疑问的部分请教了专家，然后放在手边作为工具书，有问题就查书，严格按照书中的规范来执行。

所有的一切，你准备好了吗？

智慧小贴士 04

◇ 为孩子备个“小金库”，设置一笔“不可预见费”。

◇ 备一本自己的“妈妈手册”，放在手边随时检索。

◇ 存几个常备电话，妇产科专家或是有生育经验者，随时咨询。

◇ 没有“上岗”考试，妈妈只能自我教育了，让自己安静下来，勿急勿躁，等待天使来临。

梅想到

5. 交流从第一时间开始

1998年春节，家人们在北京聚会，热闹非凡，突然就有一种感觉，一个神奇的小生命已经闯入我的体内。去医院一查，果然，他来了！

因为之前老梅有过几次自然流产的“事故”，这次一发现怀孕便被正在北京的杨师傅摁在了床上，不准自由行动，不准随便上下楼，不准……说是三个月之后胎儿稳定了才能解禁。

小东西，你终于来了，老梅想起要做的第一件事就是给你取个名字，这样可以方便和你交流，告诉你每天正在发生的事情，还有我正在读的书和听的音乐……所以，你必须有个名字，一个代号，老梅不能整天就叫你“小东西”吧。

古鲁先生本来姓王，于是由“王”带出了一连串的联想：王子、王朝……各种，信马由缰乱想一气，好像都不对，古鲁最后决定，把在摩梭拍纪录片时活佛给自己起的藏文名字——“尔清”给他用，意思是“宝石”，这个作为小名，等孩子出生之后，根据他的生辰八字，或者征求他本人的意见，再为他取一个正式的名字。

好吧，欢迎尔清来到我们的世界。

从这一刻开始，老梅就开始和他交流了，选了两首歌，每天早晚唱给他听。一首是《春天在哪里》，旋律欢快，内容简单。还有一首是东北民歌《摇篮曲》，这歌儿安静、柔和，老梅经常唱着唱着就把自己也哄睡着了。

从此，老梅只要醒着，干什么都会告诉他：尔清，我们现在开始喝牛奶，味道怎么样？尔清，今天××来看你了，他是一个很好玩的家伙，以后要是喜欢的话，你可以跟他学画画。今天读了一本有意思的书……我给你念首诗吧……我爱金庸，今天起我们从头再读一遍怎么样？……今天你爸给你买了好吃的……想听一段音乐吗？那不勒斯民歌还是江南丝竹？今年夏天也许会有洪水呢？……外婆总怕你饿着，又在催我们吃东西了，一天六顿，你觉得怎么样？是不是有点多？……

告诉他每天发生的有意思的事，每天遇见的人，还有每天的所思所想，因为困在床上，除了读书和听音乐，其他的活动都被禁止了，老梅便开始偷着记周记，这是一本只有尔清能读的书，他十八岁时的生日礼物。

这样，有了一个伴儿，躺在那里，你不寂寞，我也不孤单，每天就这么开开心心，就想着自己的肚子越来越大，十个月后，你出来了，咱们就会像老朋友久别重逢那样。

智慧小贴士 05

◇ 给孩子起一个小名，然后告诉他你每天在做的每一件事。

◇ 选两首好听的歌，每天唱给他听。

梅想到

6. 所谓“胎教”

现在流行各种“胎教”，老梅对此没有太多的想法。老梅只是依照常识想：愉悦的心情和适度的沟通就足够了。

老梅总觉得胎儿是可以感受到母亲的情绪的，母亲的喜怒哀乐直接影响到他的活跃程度和行为方式，母亲的放松直接影响到胎儿的自在。所以，怀孕期间最大的“教育”是母亲的自我教育，教育自己从容、淡定，不给胎儿增加“负担”，如此，所谓的“胎教”大部分是多余的，但放松和沟通却是绝对必要的。

在老梅看来，那个孕育着的胎儿，就像生活在一个温暖的容器里，一切都得风调雨顺。要不然，你不开心了，他那里便是狂风暴雨；你疯狂了，他那里就是酷暑寒冬。反之，你淡定从容，他便拈花微笑；你舒展愉悦，他便开心配合。从孩子的成长来看，性格远比所谓的知识更重要，那些给胎儿听英语、学数学之类的事，在老梅看来总带着几分急功近利的滑稽。

“胎教”真正需要教育的是准妈妈们，在怀孕的十个月中，要学会自我教育。

首先得学会控制自己的情绪，远离手机和那些垃圾信息，还有那些总是抱怨和充满负能量的人，让自己的孕期里阳光灿烂，风调雨顺；学会从积极的正面的方向去理解问题，解决问题，万一遇上麻烦事，要尽量快刀斩乱麻，将负面情绪及时地清理掉，孕期和哺乳期是女人真正的禅修期。

其次是要学会控制自己的身体，怀孕容易引发各种病症，尤其是现代女性生育期都偏晚，所以高龄产妇的各种麻烦也会多一些，高血压、糖尿病……所以在怀孕前还是应该做一次全面的体检，对自己的身体有一个大致的了解。

怀孕期间对饮食会有一些要求，孕妇们经常会有些匪夷所思的爱好，某些心血来潮的想法经常会逼着家人去满世界求“宝”。在老梅看来，这种撒娇任性可以偶尔为之，千万别变成常态，那样家人会被你逼疯的。

说起来，怀孕时孕妇要考虑两个人的营养需求，不能那么任性地挑食，许多平时不想吃的东西，为了孩子，咬着牙也得吞下去，在这个过程中，准妈妈们得学习全面考量问题，为了孩子做出一些切实的改变。

准妈妈还必须考量自己的行为方式，从原本的一个人到现在的两个人，真正的同呼吸共命运，准妈妈必须对自己的日常行为进行调整。

怀孕期间建议不看或者少看电视，不长时间接触网络和手机等，荧光屏对视力的损害极大，各种碎片化的信息其实全无用处，只会让本来有趣的生活变得无聊无趣。

老梅理想中的孕期和哺乳期应该是把年轮往回倒一些，离那些现代的电子设备稍远一点，可以看书、听音乐、练书法、画画、练厨艺，还可以做一些力所能及的手工艺活。

借着这个特殊的时期，补上一些遗憾的童年或过往岁月中遗漏的功课，应该是个不错的选择。

有人说“一孕傻三年”，其实是孕妇自我隔绝的结果，可在老梅看来，只有生了孩子才算是真正“开窍”了呢。

智慧小贴士06

◇ 胎教这事被弄得越来越玄了，好像妈妈和孩子之间真有一个密码系统有待发现一样。脐带只是食物链的一项，真正的胎教是准妈妈们的自我教育，这才是实实在在的。

◇ 舒缓的音乐是最好的陪伴，听听莫扎特、舒曼的作品……

◇ 关掉电视，放下手机，抚摸着胎儿，尽可能多和他说话吧。

梅想到

7. 保驾护航

作为高龄产妇，各种困扰和麻烦自然要比年轻的妈妈们多不少，但关键还是要增强常识和自身的判断力，要不然容易被那些伪科学和江湖大夫忽悠。

为了防止再流产，古鲁请了一位著名的老中医来把脉开药，老梅为此不得不吃了一个月苦得要命的类似于胶水的玩意儿，三个月内倒是没有什么意外发生。

在我们例行的产前培训中是没有“防止意外”这一课的，所以，现在的高龄产妇们得自己补上这一课了。

对于生孩子这件事，我们在有的方面太过重视，比如营养；有的方面又太不重视，比如对自己身体的了解和对紧急情况的处理常识。人们经常太过于重视各种物质的准备，而忽视了自己这台“机器”的各种功能的维护。在怀孕期间，人的身体变得敏感，原先的一些隐性问题像高血压、糖尿病等这个时候会加倍呈现。再加上大夫们习惯性地将这些问题夸大，各种药物、各种营养，一时间全都接踵而至，经常是一波未平，一波又起。经历过后，老梅逐渐掌握了一点规律，不要被大夫们的各种危言耸听吓到，保持好心态，保持淡然，保持正常的人与孩子的关系。老梅现在想起来有点遗憾的是，糖尿病到底是什么时候得的，到现在也没搞明白，也许是之前早就有的，但因为之前没有全面体检过，也无从得知。

孕期的抵抗力其实要比平时强很多，老梅怀孕期间连一般的感冒都没得过，只是后来被糖尿病击中，平添了一些麻烦，其他的一切正常。在怀孕期间碰到个头疼脑热的，最好是将其交给自己的身体去扛，千万不要随便吃药，特别是那些抗生素之类的药物，最多也就用些中药板蓝根、小柴胡一类的。对于身体的其他反应，其实也就是一个“扛”字，怀孕期间，母子一起抵抗外界的风雨，其力量是超出我们想象的。

智慧小贴士 07

◇ 从前，生孩子这事好像很简单，现在却好像越来越麻烦，一来只生一个，便显得声势浩大和极为慎重；二来因为生孩子的年纪越来越大，各种并发症就花样繁多起来。但保持好心态还是很重要的，找个专业的医生随时可以咨询，手边有本专业书可以查询。另一种好心态——是你的孩子，他终究会来。

梅想到

8. 怀孕四十周

从怀孕到生产，四十周的时间，构成了人生中一段甜蜜而揪心的时光，每一点风吹草动都能激起一片惊涛骇浪。老梅原是个后知后觉、木然呆傻的人，独有在这段时间中，怎么也淡定不起来，所有的道理都明白，所有的后果都清楚，但就是放不下。

躲过了自然流产这一关，五个月之后发现了糖尿病的征兆，一系列检查之后确认了，因为各种指数高得出奇，老梅被迫住院了。

糖尿病的治疗除了打胰岛素之外，最有效的方法就是管住嘴，这样，老梅立时陷入了各种封锁中，除了医院里的一日三餐，水果被黄瓜、西红柿取代了，每顿的一个小馒头，得慢慢地在嘴里嚼半天。看着同屋那些待产的孕妇吃得花样繁多、推陈出新，老梅每天得把成吨的口水往肚子里咽。每天六针胰岛素，把手臂扎得像块鞋底板。

最可怕的是，大夫们每天给你唠叨糖尿病引起的各种并发症以及可能对未来孩子的伤害，各种奇形怪状的胎儿，各种母亲的悲惨样子，搞得老梅刚淡定下来，又突然变得心事重重了。

纠结了两周之后，老梅想明白了一件事——接受一个自然的孩子，不管他是什么样的。即使不健康，即使有残疾，因为已经是一个成形的生命了，来之不易，还是坚守到底，万一本来好好的，因为检查时的各种刺激，反而弄出一堆毛病来呢。最让老梅受不了的是，每一次检查之前，大夫都会给你详尽地说明这些检查可能带来的危害……与其自己吓自己，还不如索性远离，孕期中的检查除了验血、B超、心电图一类的老梅还能接受，类似“穿刺”一类的老梅是万万不接受的，万一“刺”到孩子呢？你们说的病检测出来也没法治，所谓千分之一的差错率，落到一个具体的生命上就是百分之百。在怀孕之初检查还可以选择放弃，但现在已经六个月了，那还是安然地听天由命吧。

在正常情况下，除了排除一些特殊的先天性疾病，大部分检查是没有必要的。想想我们的父母生我们的时候，什么也没有做，我们不也是健康的吗？所有的检查都是给“非正常人类”准备的，所以，孕期还是适合简单的常规检查，不要被过度医疗给“整”变态了。

老梅的教训还在于，孕期一定得营养适度，过于放纵的馋嘴，会给身体带来很多不平衡，其中很多妊娠病就是这样得来的。老梅属于一个负面典型。怀孕早期在杨师傅的过于宠爱和自己的胡作非为下，胡吃海塞地把自己整成了一个病人。所以，适度营养，适度“解馋”。

智慧小贴士08

◇ 怀孕四十周是女人难得的一个可以兴风作浪“敲诈勒索”的特殊时期，因为你怀着胎儿，像是绑架了一个人质，大部分人都会让你三分的。但这个时候孕妇们一定要懂得见好就收的道理，千万别因为太嚣张而让你肚子里的胎儿也变得浮躁难安，作用力与反作用力的道理，你初中就该学过了。

梅想到

9. 尔清来了

就像是一次长途跋涉，老梅的四十周即将到来。在此之前，老梅并不知道肚子里的尔清是男孩还是女孩，有几次做B超时大夫想告诉老梅，但老梅还是及时地制止了，想等待最后揭晓，提前来的答案太像“作弊”，老梅愿意把这当作一个惊喜。

但老梅自我感觉是个男孩，因为他在肚子里小脚蹬得很有力，而且，他似乎不太挑剔，老梅吃什么做什么他都没有太多的反应，很大气……

生产前的一切似乎也都准备好了，因为糖尿病，因为骨盆太小，因为高龄……总之大夫建议还是“剖宫产”。预产期是10月5日，考虑到那几天正是“十一”长假，索性就提前了，把时间定在9月29日上午9点左右。

上手术台的前一天似乎特别兴奋，静不下来，想着我们相处四十周之后就要相见了，真还有点小兴奋。在此之前，古鲁照例被叫到医生办公室去签一张承诺书，是关于明天手术中可能出现的各种意外的知情性质的承诺书。其中比较吓人的是麻醉承诺书，当中说明了全身麻醉可能引起的各种后果，虽然说那只是千分之一或是万分之一的危险，但谁都不知道，那个意外会不会是自己，虽然这个可能性比中福利彩票的大奖还难，但还是免不了被吓出一身冷汗来。

古鲁说，有一刻真不敢签那字，太吓人了。

老梅还跟没事人似的，挺着个大肚子去给护士们出黑板报。自个儿咧着嘴乐个没完，也不知道为什么，就是觉得开心。

各种准备，各种被家人呵护着的感觉，全家人似乎比老梅本人还要紧张。

第二天一早，准备完毕后老梅被推进了手术室。

1998 年 9 月 29 日上午 9 时 4 分，老梅成了一个妈！

大夫提着一个肉似的东西在老梅面前一晃：“是个男孩。”然后听见她把孩子放到一个秤上说：“三千二百克。”又说：“四十七厘米。”

之后有护士把孩子抱出去了，似乎在对等候在手术室外的家属喊：“老梅家属，是个男孩。”

因为是糖尿病人的孩子，必须在观察室里观察二十四个小时。老梅依旧兴奋地听着周围的一切声响。孩子不知被他们抱到哪里去了，反正，他们先把老梅推进了病房。

这一天里老梅无法睡眠，一来是因为麻醉过后的疼痛，二来是总记挂着观察室里的儿子。

第二天上午，护士终于把孩子抱到了床前，不知为何，老梅总有一种怪怪的感觉：这是我的孩子吗？他从哪里来？细看眉宇间还是有很多老梅和古鲁的轮廓，但老梅更愿意相信——他是个上帝的天使，比父母都好看，他安静、从容，闭着眼享受着初涉人世间的呵护。

那几天，老梅的脑子里总有一个画面蹦出来——一个巨大的蛋里，蹦出了一个小孩。

智慧小贴士 09

◇ 尔清来了，老梅心里的一块石头落了下来，老梅心里乐开了花。你好，以后咱们还要朝夕相处呢，请多关照！愿智慧如你，能教会老梅人世间更多的道理，愿老梅和你一起茁壮成长！

梅想到

第二章
初涉人世

0—6 岁是孩子人格和思维方式形成的时期，需要妈妈们足够理性和耐心，共同建立妈妈和孩子、孩子和世界的联系。事实上，这也是一个孩子教育妈妈并共同成长的过程。

1. 带娃第一步，要穿纸尿裤

尔清出生了，在此之前他盘踞在老梅的身体里，东踢一脚，西伸一拳，隐身人似的跟老梅捉迷藏。现在现了原形，跟老梅当面锣对面鼓地敲起来。

在老梅看来，当务之急是要建立起一套规则，培养起他的好习惯，然后各自按规则相处，互不纠结，两相欢喜。

月子里家里总是聚了一堆人，七手八脚的，各种“育儿专家”，各种“祖传秘方”，只要生过孩子的，便会自告奋勇来指点一下你的“江山”，但大都是自说自话，冲突也就变得不可避免了（在老梅看来，无论是在月子里还是之后的日常生活中，带孩子这件事，要是父母不能自力更生的话，那宁可请保姆来帮助，也尽量不要用自己家的老人，其中的道理，你们都懂的）。

老梅是个书呆子，按照教科书来带孩子，怀孕期间、月子里几乎是手不离书，一有问题就在书里求答案，但没想到书里的做法和杨师傅的做法差异极大。

杨师傅从知道老梅怀孕的第一天起就开始准备各式各样的婴儿用品，从江南背来的尿布就有三大袋，都是自己一针一线缝起来的，且用的都是旧的纯棉衣料，精心炮制，但老梅就是不用，坚持要用纸尿裤。杨师傅觉得那样包着孩子很难受，反对用纸尿裤，但老梅反对用尿布，因为要是不及时清理的话，那层湿布贴着孩子更难受。老梅给杨师傅解释，纸尿裤里有一层自然隔离层……杨师傅先是不信，但解释了几回，加上老梅坚持，白己比较了一下，她也就不再多说什么了。至于那几袋尿布，老梅全送给了那些和杨师傅看法一致的朋友了。

导致杨师傅最不高兴的是，每次喂完奶，老梅坚持要给尔清拍一下背部，好拍出“奶嗝”，杨师傅见了，一下子就急了，说：“这么小的孩子，怎么经得起这么用力拍？”老梅给她解释：“要拍出奶嗝再放下，孩子不容易得肠胃和气管方面的毛病。”杨师傅说：“你那书上说的是外国小孩，中国小孩从来没有这么一说。”老梅不理会，坚持拍，直到拍出了一个大大的奶嗝来，杨师傅才不再多说什么。

老梅决心在月子里建立起一套与尔清的相处规则来，就像老话说的“命好不如习惯好”。先是和他达成了这样一条规则：醒了，不哭就抱，哭了就不抱。因为生下来的第一天尔清得了口疮，没法直接吃奶，只能把奶灌进奶瓶再喂他，歪打正着，反而能知道他每次喝了多少量，能有效进行控制，后来一次不让他喝足三百毫升就不放手，特别是晚间那最后一餐，一定得让他喝足了，这样的话，他可以一次睡足六个小时，大人们也可以睡一个安心觉。这最后一餐经常他喝着喝着就睡着了，老梅只要发现他没有喝足，一定要把他弄醒了继续喝，直到喝足了，才放他去睡。

因为知道他吃奶的量和时间，也就可以判断他的饥饿程度。假如他其他时间哭，一个原因是“便”了，尔清是个有洁癖的人，一有异常，立刻“报告”，查看一下，换好了才可以。如果不是，那看看是不是有别的因素，比如蚊虫一类的……排除别的原因，只是因为撒娇或抗议求抱，一般都不予以满足，哭得再凶也没用。这些小鬼精灵，心里比大人们清楚，折腾个两三次，还不生效，便和你玩别的招数了。

月子里最初的相处规则很重要，千万不能乱了套，否则小东西便会利用大人们之间的信息不对称来进行各种要求。

月子里还有一些注意事项要十分小心：不要让特别强的光照刺激孩子的眼睛，因为孩子的眼睛是逐渐调整到位的，先是远视，再是近视，然后在半年左右将视力调整到一个舒适的位置，就像一架功能超群的照相机，当然，这是智能型的。

不能有太强的噪声刺激，刚出生的孩子还不太熟悉周边的声音，要给他一个适应过程，尽量舒缓平和。

还有就是妈妈的情绪一定要开朗，切忌生闷气，不开心，这样很容易导致妈妈们“断奶”，孩子的口粮从此就成了问题。

另外，对于孩子，一定要多夸，千万不要抱怨，因为孩子知道你所有的心理活动，你越怨，他越“作”，你越夸，他越配合你，真正的两情相悦，情人之间是，母子之间更是这样。

妈妈的饮食和孩子相关，所以，为了孩子，妈妈们一定要克制自己的口腹之欲，度过哺乳期就可以自由自在地吃喝啦。

月子里之所以乱，是因为所有的规则都在调试中，还没有落实到位，一旦规则建立了，每个人找到自己的工作岗位和立足点，也就一切正常啦。

智慧小贴士 10

◇ 孩子的作息时间最好由一人掌控。

◇ “抱”的规则要明确。

◇ 最好能掌握孩子吃奶的量。

梅想到

2. 好好说话

王尔清先生以一声惊世骇俗的啼哭闯进了这个世界，最初的他以哭笑两种表情来陈述他对世界的看法，之后开始咿咿呀呀地和人们做各种信息不对称的沟通，到了七八个月的时候，已经可以不时地蹦出一些词来，妈妈、爸爸、灯、电话、老婆……周岁的时候已经可以运用很多短句了，不到两岁，尔清先生就成了一个伶牙俐齿的“话痨”。

想起老梅当年，到了两岁半还没有开口说话，甚至连一声短语都没有发出，急得杨师傅以为自己生了一个哑巴，各种求救，各种探讨。某一天，老梅看见邻居家正在走道上煮的一锅红烧肉，便开口问邻居：“给我吃点好吗？”邻居阿姨没有理会老梅饥饿的眼神，直冲过去对杨师傅叫：“小丫头开口说话了……”后来这个事情变成了一个笑话，生于饥饿年代的老梅该有多馋啊，要是没有这锅红烧肉，还真不知道她这辈子会不会开口说话呢。

回想起来，对于尔清说话这件事，老梅还是花了一点心思的，因为孩子的说话方式往往就是家长语言方式的回音，你用什么姿态、方式和他说话，他就用什么方式和其他人对话。

平等的说话方式是所有对话的基础，在老梅看来，每个人都是平等的，不管是成人还是孩子，这种理念落实到执行层面，就是要和孩子进行平等的对话，是沟通，不是命令。孩子做什么事情的选择权在于他，家长们可以提供意见，但最后的决定权在于他自己。孩子刚来到人世，还没有掌握与这个世界的沟通技巧，我们只能告诉他方法，而具体的执行还得靠他自己。在教孩子说话的问题上，老梅坚持说“人话”，反对那些专为孩子设置的“童话”，那些看起来稚气的叠音字：吃饭饭，拉便便，排队队，吃果果……成人怎么说话，孩子就怎么说话，这种貌似亲切的叠音字，反而给孩子的学习平添了一堆“障碍”，孩子这个阶段还是拷贝式的，你怎么说，他就怎么学。

怎么说和说什么，其实更需要学习的是妈妈们，要用一种平和的心态和孩子对话，沟通是最关键的。时常见到周边的妈妈们，只要一累便会抱怨孩子，对着孩子各种数落，自己为了孩子如何吃尽苦头，各种牺牲……说实话，妈妈们说这种话毫无道理，又不是孩子自己要求出生的，你想要个孩子，孩子来成全了你，满足了你当妈妈的愿望，还要受你这一通抱怨，凭什么啊？于是索性跟你“作”起来，这也就是父母越抱怨孩子越“作”的根本。像所有成长中的孩子一样，多夸多表扬是最好的法宝，即使是批评，也完全可以用表扬的方式来说。比如，你这件事情做得已经很努力了，假如在这里再稍微改进一下的话，那可能会更好……把孩子引到一个积极向上的方向，让他去为此而努力。还有说话的场合，孩子成长过程中最可怕的是面对父母或家人的争吵，许多孩子的不安全感就是由此产生的，语言的杀伤力远远超乎你的想象。

在孩子面前谨慎言行，他可以记住你随意说的所有话，可能当时并不在意，但是某一天，他会突然向你发问，搞得你窘相毕露。

尔清不到两岁的时候，有一天，家里煮了特别好喝的排骨汤，于是他问古鲁："爸爸，这是什么呀？这么好喝。"古鲁恶作剧地逗他："这是屎练头（常州方言，大便的意思）汤。"说完，一桌子人都笑了起来。尔清当时似乎并不明白，只是跟着笑。过了两周，在所有人都忘记了这件事的时候，他突然对古鲁说："爸爸，我们今天再烧点屎练头汤吧！"古鲁和老梅都一脸尴尬地呆在了那里，从此在尔清面前再也不敢胡说八道——孩子的记忆力远比你想象的厉害。

比较起来，口音或者方言反而显得不重要了，陪伴尔清的林娴姑姑是个江西人，一口江西话。尔清当初进幼儿园的时候，他们学校的老师都说"我们班来了一个日本小孩"。一口江西话的尔清让老师们为难了一阵子，但是不出三个月，这小子就一口京腔京韵了。所以，孩子学习语言的过程中，口音腔调不是问题，关键还是说话的姿态和方式。好好说话，需要好的心态和好的教养，培养孩子的语言能力，首先也是家长们的一个自我修炼过程。好好说话，好好对孩子说话，好好对你周边的每一个人说话，你的孩子也就会好好说话了。

智慧小贴士11

◇ 不要以为孩子什么都不懂，其实他每时每刻都在观察着大人们的言行，轻言细语，有话好好说。

◇ 不要用所谓的“孩子气”说话，他们可以用正常的语言和你对话。

梅想到

3. 玩出专注力

现在的孩子个个都是“小太阳”，一出生，家人、朋友、亲戚便会借着各种纪念日呈上花样繁多的玩具……

孩子从出生到周岁期间，视力和肢体的各种能力都在建立、培养和调整中，这个时期的玩具主要是带声响的摇铃一类，有那么两三件就行了，选择的重点是安全。这个年龄段的孩子拿到什么都会往嘴里塞，所以玩之前必须认真检查，要保证每一个零部件的安全和牢固。

过了周岁，孩子渐渐学会走路，便开始对有轮子会移动的物体感兴趣：能走路的小鸭子拖车，独轮小推车，或是简单结实、色彩明艳、有轮子、大一点的汽车模型。但在选择标准上，功能一定要单一。在这个阶段，孩子把握物件的能力还不行，所以这个时候的玩具首要特点就是禁摔结实。

到了两岁多，孩子可以玩的玩具就更丰富了，但老梅在尔清的玩具中画掉了“武器”这一大项，刀、枪、棍、棒全在“抵制”中，尔清的玩具大部分都是积木和车。

尔清玩车有一套他自己的玩法，他喜欢将车模和车标一起玩，对照着车标认车。有段时间，尔清最大的欢乐是站在马路边看车，每认出一个车标来便是一阵欢呼。在两三岁的孩子眼里，车没有豪华与简陋之分，只有好玩与不好玩之别，尔清更加着迷于那些有各种“功能”的车：水泥搅拌车、挖掘机、消防车……在尔清的眼里，装人装得越多，那车就越高级。那时候因为他迷车，老梅的朋友们便会送他高档的车模和遥控车，他却一概不领情，只是着迷于那辆挖掘机。对于各种遥控车也没兴趣，想来那会儿真是太浪费了。

尔清同学那时候喜欢对照着车标把各种车的性能特点弄清楚，专注于在眼前晃过的车上飞快地辨识出车标，那时候他对富豪（沃尔沃）的车牌情有独钟。有一次打车，一上车他就说：“尔清坐富豪。”但我觉得那应该是辆夏利啊，于是就问：“为什么是富豪？”尔清说：“富豪的车屁股要比夏利的高一点。”听得司机都乐了，说：“还是第一次见这么小的车迷呢。”

尔清三四岁的时候，家里的玩具急剧膨胀，但是他常拿在手里玩的也就是那么几件。老梅想，这就像成年人交朋友，看起来高朋满座，但最贴心并在关键时候支持你的朋友也就那么几个。到了四岁多之后，尔清开始沉迷于各种拼装积木，五岁多时遇上了乐高，便快速而疯狂地进入各种乐高玩具的拼装中。仔细想来，乐高玩具让尔清的动手能力突飞猛进，那段时间里，老梅经常和尔清一起玩，当他的助手。他可以一整天都在忙于搭建一个乐高模型，他的专注力也许就是在那个时候培养起来的吧。

多年之后再来审视当初的那些玩具，真正被“玩”过的其实并不多，长期玩的更少。尔清真正的宝贝是一只三角龙，他到每个地方都会带着它，他说那是他的“儿子”，其实在老梅看来，那个毛绒三角龙更像他的一个倾诉对象。高中的时候，看到一篇尔清的文字，写的便是这只三角龙这么长时间以来的陪伴。现在的独生子女们那么孤单，有个玩偶陪着，日久便生情了。

在老梅看来，一个人一生中要想做出点事来，情商智商还不是关键，最重要的因素是“专注力”，只要在一个方向上专注地走上相当长一段时间，总能出成绩的。一万个小时的努力，总是能结出些果子的，从小培养孩子的专注力，可以从专注地玩一件玩具开始。

智慧小贴士 12

◇ 孩子一生中的玩具，珍爱的其实也就那么几件，好的玩具以一当十，真的不用那么多。一只三角龙，王尔清至今还不时抱在怀里，这是他的“儿子”，是他寄予情感的一个真实存在。

◇ 把一件玩具玩出一百种花样那才算是本事，用一百种玩具玩同一个游戏，那不仅浪费，也很无趣。

梅想到

4. 以毒攻毒的“毒”效

转眼尔清就已经三四岁了，因为老梅奉行的“放养”政策，对他的各种行为表扬多，批评少，老梅一直坚持着自己的一套规则，尔清一直以来也没有犯什么大错，但他时不时还是会有一些怪癖和毛病让人头疼，比如爱啃手指头，经常把手指甲啃秃了，露出丝丝血迹来，还爱玩火，时不时跑去把煤气灶点着了，看火苗蹿起来有多高……遇到诸如此类的情况，怎么办?

在老梅的教育辞典里，“体罚”是严禁的，但“讲道理”这件事也是难度颇高的。老梅想：是不是可以“以毒攻毒”？老梅很严肃地对尔清道：“为了满足你对火的热情，以后家里所有与火有关的事情就都归你来做，你是家里的点火之王。”尔清愉快地，甚至是满腔热情地接受了这个“光荣”的任务。

于是，老梅一烧菜就喊：“快来点火，我要炒菜啦。”尔清便兴冲冲地跑来，点着了煤气灶，还得意地说：“我是不是很厉害？我才三岁就会点煤气灶啦！”老梅便亲亲他，表扬他，夸他厉害。过一会儿再喊：“我要熬汤啦，快来点火。”于是尔清再跑出来，再点火，再表扬。如此这般，三天之后，他已经很不耐烦了，一个星期后，他对点火或是玩火这件事就彻底没了兴趣，说：“这么有趣的事，你们大人也可以玩玩的。”

为了纠正啃手指这件事，老梅决定为尔清设置一个“专门时间”。在此之前，老梅和他讨论了一下这件事情——为什么不能啃手指，老梅除了说这件事情不够卫生，手上有细菌之类的话之外，也没有太多别的道理，而尔清说他在思考人生重大问题的时候就会情不自禁地啃手指。

于是老梅和他商量：“我们每天设定一段专门的时间来边思考边啃手指，

在思考之前先把手洗干净再来啃，其他的时间我们就该做什么做什么，不准啃手指。”尔清是个讲道理守规则的人，答应了便会自觉地遵守，有时情不自禁地啃了下手指，老梅一喊：“时间还没到呢！”他便会老老实实地把手放下，有时老梅不喊，他自个儿意识到了，也会自觉地把手放下。

头几天，老梅到了时间会喊：“你的‘专门时间’到啦！”尔清便会放下手里的事情跑到一边去专心地啃手指，刚开始他还会有“终于到时间啃个痛快”的感觉，但之后便觉得这是一件很可笑的事了。老梅到时间再喊他，他便道：“我今天不饿了。”

如此这般，整个幼儿园和小学期间几乎把这个习惯戒除了，但不知为什么，进了初中，尔清偶尔还会啃一下手指，特别是在作曲的时候，情不自禁地就啃上了。老梅问他为什么小时候克服了的毛病又犯了，他说：“这是在怀旧呢！”老梅无语。

孩子在懵懂的时候，还会对很多看似危险的东西感兴趣，比如开水壶，电门。这时，最好的办法是与他一起探究一下其中的机关，比如，扶着他的手试试开水究竟有多烫，给他示范一下“电力巨大”，耐心地把可能造成的伤害讲透，他没有了好奇心，知道了危害，也就不会再去“冒险”了。

尔清读中学的时候，班里的一些男生开始抽烟，老梅问他：“你对香烟有没有好奇心？有的话我可以买一盒最高级的烟来给你尝一下，让你知道一下香烟的味道。”尔清直爽地说：“你这样说，把我本来的一点好奇心也打消了。”

原来开放式的引导也是一条成长路径呢。

智慧小贴士 13

◇ 改变习惯可用“顺势疗法”，一件事情明白了其中的缘由也就不再去冒险了。

◇ 用“专门时间”治疗专门怪习，他自己很快就能体会其中的无聊的。

梅想到

5. 突如其来的集体生活

尔清的成长快得令人眼花缭乱，七个多月开始歪歪扭扭地走路，九个多月开始鹦鹉学舌，不到两岁便已经成了一个标准的“话痨”。

老梅自怀孕起便基本放下了自己的工作，当全职妈妈。眼见孩子快速成长，便也心痒痒地盘算着重新开始自己的工作，尔清就交给了林娴姑姑。林娴姑姑来自江西农村，勤快纯朴但没有文化，面对伶牙俐齿、一眨眼三个主意的王尔清，完全不是对手。

老梅想着，如此下去只会是两不欢喜，尔清那澎湃的求知欲完全无法满足。老梅寻思，专业的事情还是让专业的人来干吧，和家人商量后，决定送他去幼儿园。

于是老梅开始考察北京城里的各色幼儿园，公立、私立连带国际，一个都不放过。有好多幼儿园一进门就横着一条大标语——不要让孩子输在起跑线上！每次看见这个，老梅的脑子就炸了，扭身就走，孩子又不是来这里跑马拉松的。孩子生来带着各种烙印，家庭环境、智力结构完全不同，谈何“起跑线”？把人生比喻成“竞赛”更属无稽之谈。

看了十来家幼儿园无果，寻思着还是自己在家带他吧。突然有一天发现离家不远的商场后面居然有家幼儿园——金色摇篮幼儿园。迎面看见“赏识”“尊重”的字样，一下子觉得合了拍，和老师们聊了一会儿，理念也对得上，回家再做功课，打探了学校创始人的相关资讯，便下定决心把尔清送到了金色摇篮幼儿园。

2000年8月20日，还有三十九天才满两周岁的王尔清先生进入了金色摇篮幼儿园。这一待，差不多就是九年，直到他2009年6月30日小学毕业。

尔清先生刚进幼儿园的第一天表现似乎比较正常，老梅和老师们都以为他能顺利度过磨合期，却不想到了第三天，王尔清先生开始哭了，他说“应该哭一下的”，其他的小朋友都哭个没完没了，自己不哭一下，似乎太特殊了，于是他便也开始哭起来。但是只要看到饭来了，便立即抹抹眼泪，开始吃饭。吃完饭，休息一会儿，然后接着哭，反正哭是哭，做游戏、上课什么也不耽误。

就这样哭了一个星期之后，他发现哭得很累而且也没什么成效，老梅一如既往地让他上幼儿园，一点妥协的意思也没有。于是，两周之后，尔清开始劝慰其他还在哭的小朋友：“你就别哭了，没用的，他们都挺狠心的。”让一旁的老师们乐了半天，也表扬了他好半天，说他是个明事理的好孩子。

只是在送尔清上幼儿园的过程中，林娴姑姑的任务越来越重，尔清每天不折返个两三次就决不罢休。一会儿说要骑着他的自行车去，骑了一会儿又说太累了，要把车送回去，走着去幼儿园。走到一半，又说今天的裤子太紧了，不舒服，要回去换。然后再出发，又说，我还要给汪老师带一个礼物呢……如此这般。

一年过去了，王尔清在幼儿园里的表现还算不错，就是为了接送的事情头疼，于是老梅得寸进尺地做出决定，让他住校了。

不到三岁的尔清开始住校，周三接一次，周五接一次。周五老梅一定是自己去接，然后在幼儿园里和孩子玩上一阵子。到了四岁，就变成一周接一次了。这样做的好处是各得其所，老梅周一到周五踏实地忙自己的工作，到了周五下午去接了尔清，就全身心地陪着他，周六周日全天陪同，精力反而更为集中，陪他玩的内容也更丰富，几乎没有什么事情可以随意打扰我们的时光。

尔清从此开始了漫长的集体生活：从不到三岁开始住校，小学五年和初中三年也一直住校，只在读高中时，因为考上了中央音乐学院附中，学校不让北京的学生住校，这才回家住了两年。之后，十五岁的他去更遥远的纽约开始了留学生活，一个人生活在纽约的公寓里，周一至周五在纽约的一家艺术学校上文化课，周日下午和周六全天在茱丽亚音乐学院学作曲。两年时间平安度过，之后考上了波士顿的新英格兰音乐学院作曲系，即将开始他的大学生活。

回想起来，这么多年的住校生活，锻炼了他的个人生活能力，他需要认真地打理自己的事情，在学校里，有较多的时间和同龄人一起玩。

尔清住校对老梅来说还有一个好处，现在的学校每天都给孩子布置大量的家庭作业，而其中大量的作业其实是考家长的，家长们每天下了班还得和孩子们一起做作业，真是苦不堪言。安排尔清住校一举，让老梅少做了不少这样的功课，感谢上苍，老梅才可以更加专心地干好自己的事。

住校能够让一个孩子早早独立，尔清开心，老梅也很欢乐，各种事情全不耽误。如此这般，很好。

智慧小贴士14

◇ 每个幼儿园都有自己的理念和文化，孰高孰低无从分辨，但还是要按照自己的感觉来判断，就像买鞋，还是要试一下是否合脚。

◇ 在缺少玩伴的情况下，住校也是一种不错的选择。

梅想到

6. 识字这件事

对于要不要教尔清认字这件事，老梅颇费思量。按照一些“教育专家”的理论，两三岁的孩子只要尽情玩耍就是了。老梅起初也是这么认为的，但是，这件事怎么往下走却不是老梅能说了算的。

老梅和古鲁平时回家后除了陪尔清之外，基本的事情就是看书、写作和听音乐，家里很少开电视。平时坐在那里看书时，尔清时不时地会蹿过来，抢过笔胡乱地涂鸦一番，还要求我们把书名和作者给他读一遍。每次给他讲睡前故事，他也会拿过书来逼着问：“这个字念什么？”不教还不行，他会跟你急。

老梅犹豫再三，还是决定教他识字，用自己的方式来教。

老梅觉得孩子的学习热情在初期是需要小心守护的，必须尽量让这件事变成一个欢乐的游戏，让他在学习之初便享有充分的成就感。

老梅教识字的方式其实很简单——看见什么教什么，路牌、广告、姓名牌、包装袋……只要上面有字就认，回家后在没用的名片反面空白处写上，就成了一个“字宝宝”，每次带他出去走一圈，回家就能做成一些“字宝宝”。

老梅发现，孩子识字其实根本不需要“看图识字”这一类“教程”，因为孩子本身就是按照图形来记忆的，经常是老梅觉得很难的字，比如“警”“酱”“赣”“徽”……他都能一下子记住，而且能准确地写出来，反倒是常人觉得很简单的字，他却会经常混淆，像“丁”和“于”、“甲”和“申”……“看图识字”平白增加了一道周折，大可不必。

王尔清识字最大的“教室”是超市，每天林娴姑姑去接他放学的时候总是会顺路去一下旁边的超市，因为姑姑不识字，王尔清就自动地担负起了导购工作，遇到不认识的字就问营业员，或是记住形状回家问老梅。

有时老梅带他去超市，会让他挑一些自己喜欢的小食品，老梅偶尔会逗他："这个东西是辣的吧？"尔清就会将信将疑地拿过来看食品包装袋上的配料表，寻找"辣"，只要没有"辣"字，便大获全胜似的蹦跳着把食品扔进小推车里。为了表示对老梅的关心，他还会去检查每种食品包装袋上是否有"糖"字，包括白砂糖、蔗糖一类的，然后过来交给老梅，说："这个你可以吃，没有白砂糖……"过后就会很得意地对老梅说，"你看，还是我对你好吧！"

有一次在机场过安检，王尔清指着地上的黄字大声念道："请站在黄线外。"边上的人诧异地看着他："你几岁了？这些字你都认识？"尔清得意地看着人家："当然认识，我马上就要三岁了！"好像三岁已经是一个很大的年纪，周围人自然又是一番夸奖。

王尔清识字的热情从此一发不可收拾，看见什么字都会大声念出来。没过多久，一般的绘本他都可以自己看了，晚上的睡前故事经常是他拿着书来给老梅念，像是他在哄老梅睡觉。

尔清还要把自己识字这件事推广开来，他开始很认真地教林娴姑姑认字，但是姑姑认字的态度显然很不好，这周教的字下周尔清回来考她，姑姑居然全都忘了，小老师很生气，轻轻敲着桌角说："你看你这么笨，还不好好学，你说你老了可怎么办啊？你要再这样下去的话，老了我可真不养你。"

老梅每次看到他生气地教育姑姑的样子就会乐翻天，尔清对老梅严肃地提出了警告，因为他觉得不好好认字这件事情很严重。

尔清的识字热情越来越高涨，有一天，他拿过一张老梅正在读的《新京报》社会版，一字一句地竟都读下来了，他一下子觉得自己是个大人了，他可以自己知道世界上发生的事情了……

老梅现在还是无法判断两岁的孩子识字是不是太早，但面对尔清先生日益高涨的求知欲，好像除了满足他也没有别的办法。面对家里堆积如山的书报文稿，你要不让他识字真的很难。

识字这件事，完全就是件顺其自然的事，不勉强，不和别人比，他自己学得愉快，学得开心就可以。回头看，尔清学识字这件事对于他后来的成长还真是起到了很关键的作用，最起码，他很早就学会自己去寻找事情的答案。识字的过程，其实也是一个自主思考的过程。

智慧小贴士 15

◇ 识字这件事情千万不能成为“任务”。

◇ 看见什么字认什么字，路牌、广告、商标、配料表……可以让识字这件事情变得很有实际意义。

梅想到

7. “我从哪里来？”

“我从哪里来？”这是每个孩子小时候都会提的问题，但是几乎很少有孩子能得到正确的答案。从某种程度上说，只需用一道题，便可测出天下父母的用心程度。

关于孩子的“性教育”该从何时开始，该讲解到什么程度，似乎一直是一个有争议的话题。

老梅小时候就这个问题被杨师傅忽悠过后，也懒得和大人们讨论一些自认为重大的问题了。

后来老梅发誓，决不跟自己的孩子说假话，想到这些每个孩子都会问的问题，老梅决定提前做好功课。

王尔清从进入幼儿园起就开始自称“安尼”，随着老师针对男孩女孩的差异而安排的生活起居，安尼先生也开始了第一次“性”的学习，直接表现是男生和女生分开上卫生间。男生可以站着撒尿，女生却只能坐着小便，这让男孩和女孩的心理都产生了不平衡，男生经常想坐着，女生时不时试着站着，于是一片混乱。

分开上卫生间的原因是男孩子和女孩子的生理构造不同，最直接的说法是男生有“小鸡鸡”，而女生没有。这个重大发现让安尼先生很兴奋，于是家里每个人洗澡的时候他都会闯进去检查一下，然后告诉大家，你是女生，你是男生。要论起来，这应该是孩子的第一次“性”觉醒吧。

我们从小没有经历过正常的“性教育”，如何引导孩子来认识这种天然的生理差异？“性”并不神秘，只是一种天然的差异，因为有了这种差异，世界才变得有意思。所以，当安尼先生问“人是从哪里来的？”时，老梅直接拿起当年准备生孩子用的那本英国育儿手册，那里面有大量的图，老梅认真地给他讲述一个小芽如何变成一个胎儿，然后变成一个婴儿，之后便是这些男生女生了。

安尼先生将这本书反复看了四五次，好像对这件事情已经完全搞明白了，在关注了一些孕妇的肚子之后，他发现初生婴儿并不好看，也就觉得这件事情没太大意思。老梅觉得，在性教育的问题上，平静而常识化的态度很重要，越是平静，尽早地满足他的好奇心，他也就越能平静地对待了。在家里，家人洗澡时安尼先生可以随时闯入，大人们的坦然也就让他对这些没有了太多的好奇心。因为成年人的神秘或是各种欲言又止的方式反而会让孩子们觉得"性"是一种神秘的事。所以，平静对待，反而能让孩子的好奇心及时得到满足，让孩子更加理性地面对自己的成长，让父母获得孩子的信任。安尼先生九岁的时候，老梅给他买了一本英国的书《嘿，青春期！》，书分男孩、女孩两部分，用非常直观的方式讲述了男孩和女孩的性别差异和各种注意事项，安尼先生用一种看似不经意的样子把这本书认真地看完了。

老梅事先也把这本书读完了，不由得感叹，我们的父母和老师似乎从来没有认真地谈过这些话题，这似乎是"禁区"，但这些问题本来只是一些"技术问题"，可以坦然讨论的，为什么非要披上一件神秘的外衣呢?

记得从英国游学回来之后，老梅惊奇地发现，安尼先生进卫生间会很认真地关门了，禁止他人随意闯入，当然，他也不再乱闯其他人的洗澡房了。安尼先生羞涩、安静地进入了他的青春期，从此是一个阳光、开朗的少年了。

也正是这种开放的、无禁区的讨论方式，让安尼先生平稳地度过了青春期。

可以说，回答“我从哪里来？”这类问题的技巧和方法是衡量一个家长是否合格的标准之一。理性和常识是父母们对孩子性教育的出发点，不故作神秘，不耸人听闻，实事求是地回答孩子的任何问题，孩子们才会有一个安然而平静的成长期。

智慧小贴士 16

◇ 切忌把“性”话题看得太过神秘。说透一件事，孩子们也就没有什么好奇心了，在性的问题上说明、说透，会让孩子对性的问题有一个理性的认识。

◇ 性教育宜早不宜迟，与其由着他在网上乱搜一气，还不如咱在这里把话挑明，见招拆招，关于性，也就那点事，不过尔尔。

◇ 强烈推荐《嘿，青春期！》，一本图文并茂的实用青春期手册。

梅想到

8. 学外语其实就是学方言

带尔清的林娴姑姑是江西南昌人，一口江西话，很难听懂。老梅之前不明白，为什么尔清会指着墙上自己的照片叫“安尼”，原来那是姑姑的南昌话叫法，尔清成了“安尼”，真是让人想破脑袋也想不到。安尼先生说话还是蛮早的，只是方言的味道非常重，来家里玩的朋友不知道他要说的是什么，常常需要一个“翻译”才能听明白。朋友们提醒老梅，要赶紧纠正，要不长人了就麻烦了。

老梅比较淡定，在学习语言这件事情上相信“船到桥头自然直”，语言是用来交流的，有需求时问题自然会解决。还有一个原因是，老梅自己的普通话就不标准，有着浓郁的江南味道，老梅自己也不知道怎么教。

安尼先生一上幼儿园，麻烦立即就来了，老师们都不知道他在说什么，幸好班主任汪老师是九江人，像个贴身翻译一样跟着他。但是三个月下来，安尼先生就是一个正常的北京小孩了，半年下来，还能时不时地订正老梅的发音：“四是四，十是十。”

从某种意义上说，方言也是一门语言，由方言转向普通话其实也是一种语言训练。我有一种感觉，孩童时期能说一门方言的话，之后学语言便有一种天然优势，而语言的学习也是直接提升综合学习能力的一种途径。

尔清两岁多过了方言关，之后开始学英语，这家伙有点懒，不爱背单词，不爱学语法，为此老师没少唠叨，但是老梅想，只要把他扔进一个英语环境里，他一定会自己找到方法，他的个人需求比家长的要求来得更重要。

八岁之后安尼先生立志要当职业音乐家，在看各种谱子的时候，他又发现了各种语言，为此，他用两个月的时间，通过搜狗，专门制作了一个音乐术语对照表，用英语、法语、德语、意大利语、俄语、西班牙语、汉语把几百个专业术语标注出来。

十一岁时去英国游学的两个多月时间里，之前算不得好学生的安尼先生和英国老师及寄宿家庭的家长孩子打成一片，房东太太主动带他去吃烤鸭看风景，房东家的小女孩还大胆向他表示了好感，只是安尼先生胆太小，吓得一溜烟跑了。

“需要”是最好的老师，周边的语言环境比父母们的敦促和老师的要求都更加有效。在美国两年的高中生活，尔清看到周边很多艺术家都能讲多门外语，2014年获得“百川奖”时演奏他作品的荷兰新乐团就是由来自全球各地的艺术家所组成，指挥是吉尔吉斯斯坦人，艺术总监邦斯能说六种语言。

艺术家必须是一个世界公民。安尼先生计划开始学法语，第二年开始学德语。之后每年学一门外语，老梅被他庞大的计划吓着了，他却教训老梅:“这其实很简单，你掌握规律就行，都是拼音文字，就像你会说普通话，会说常州话、上海话、广东话……它们也是方言，多说多听多想多看就行了。”老梅想想，这个道理也对。

安尼先生像一块吸收量巨大的海绵，不懈地学习着，同时也快乐着。安尼先生学语言的经历教育了老梅，“学说话”是一辈子的事，好好学说话，好好走天下。

智慧小贴士17

◇ 一个家庭若干种语言（包括方言）混合使用，其实还是很有意思的，就像一个小联合国，在此环境下成长的孩子，语言能力应该比单一语言环境下的孩子学习语言的能力更强吧。常州话、江西话对北京人来说也算是“外语”了。这纯属老梅的个人观察，反正尔清学外语的能力真是超常的。

梅想到

9. 安尼的节目单

老梅平时在家里读书、听音乐，电视基本不打开，除了每天《新闻联播》前后要监播公司客户的广告。安尼先生把这份工作视为己任，一听到那段特殊的音乐便会找个小凳子坐下，一周之内便对那些广告了如指掌。因为只看广告，安尼先生以为电视就是用来播广告的。

安尼先生两岁时老梅试着给他放《天线宝宝》，但看了两分钟他就扭身离开了。老梅问他为什么不看，他头也不回地说："那个小孩好笨。"老梅觉得莫名其妙，但再想想也是，一句话反反复复说那么多遍，也真是有点笨。

于是老梅试图找些"不笨"的片子给安尼先生看，先搜出一堆日本动画《蜡笔小新》《樱桃小丸子》《机器猫》一类的，却发现其实并不适合三四岁的孩子，经常是满口脏话和各种抱怨。再看看国产动画片，大多很暴力。《虹猫蓝兔》一路打打杀杀，画面的质量也不怎么样。

老梅对于安尼先生的模仿能力一向很佩服，什么事物他只瞄一眼便可以学得惟妙惟肖。所以，为他选择节目的时候真是煞费苦心。比较起来，迪斯尼的动画品质较高且内容阳光明媚，老梅觉得很适合安尼先生的天性。但安尼先生对《米老鼠与唐老鸭》的反应也一般，看完一遍并没有想要看第二遍的念头。

有一天，经过一家商店，发现一个屏幕上正在播《猫和老鼠》，老梅很早就买下了那套影碟。这原本就是老梅的最爱，但窃以为这部片子应该给再大一点的孩子看，最起码是小学生比较适合看，但安尼先生站在那里看呆了，死活不肯走，直到老梅说家里有影碟可以随便看之后，他才恋恋不舍地离开。

从此老梅和安尼便也成了“猫和老鼠”。每看完一集他都要求表演一番：“你是汤姆，我是杰瑞，爸爸是大狗。”于是《猫和老鼠》成了安尼很长一段时间里看的主要节目，每次从幼儿园回家的第一件事便是看上两集《猫和老鼠》过过瘾。

看到后来，只要一开始看，他就可以熟练准确地告诉你下一个动作是什么，《猫和老鼠》差不多已经成为他的教学片了。

再后来，老梅又买了一些动画片想转移一下他对《猫和老鼠》的热情，但都失败了。无论是《变形金刚》还是《宠物小精灵》都没能撼动《猫和老鼠》的地位，只有一部《大头儿子和小头爸爸》，他还勉强看了几集。再后来看过一部《哪吒》，但安尼先生只对其中的几集感兴趣。

老梅想不透《猫和老鼠》何以有如此魅力？问安尼先生，他说：“老鼠好玩啊！老鼠聪明啊！杰瑞总是帮助小朋友啊！”

老梅说：“可它总是偷东西吃呀，它把汤姆害得太惨了。”

安尼说：“老鼠也要吃饭呀！老鼠个子虽然小，可是本事大呀！而且总是猫先惹老鼠生气的呀！猫可以吃鱼，为什么一定还要抓老鼠呢？”

“杰瑞总是对的！”安尼做了一个杰瑞式的动作。

《猫和老鼠》成了安尼先生回忆里唯一的动画片。之后还有一部备受其青睐的片子是《家有儿女》，但那已经是他读小学以后的事情了。

安尼先生看片子不贪多，但总是爱把一个东西琢磨透。最早看动画片是这样，之后读书、听音乐、写作也都是这样。他的这种专注力，让他自己的生活变得安静而从容，真不明白这种品质是从哪里来的。

安尼先生最初的节目是单一而快乐的，真好！

智慧小贴士18

◇ 给孩子看的每一部片子之前都必须“审查”，有些动画片其实是不适合孩子看的。因为孩子们的想象力和模仿力太强，不论是动作还是语言，而且一旦学会很难校正。

◇ 根据孩子的喜好，找出几部可供孩子反复观看的经典动画。假如能在六岁前培养起孩子最初的世界观，那也算是一桩极为幸运的事。

梅想到

10. 把选择权交给孩子

有人说孩子的逆反期在十三四岁，是青春期的逆反，也有人说是“七岁八岁狗都嫌”的疯狂童年逆反期。在老梅看来，孩子的第一个逆反期应该是在两三岁，安尼先生到了四岁时，这种逆反更是令人崩溃，跟他说任何事情，他都会先说：“不！”

“吃饭吗？”“不吃！”

“看动画片吗？”“不看！”

“洗澡吧！”“不洗！”

“喜欢老梅吗？”“不喜欢！”

“吃巧克力吗？”“不吃！”

话一出口又反悔了，追问一句：“你说什么？”

老梅说：“你已经说了，不吃巧克力。”“是不不吃巧克力。”安尼赶紧狡辩。巧克力是他的最爱，也是老梅对他进行威胁利诱的常规武器。

安尼开始说“不”时，老梅觉得很开心，觉得他是一个有“思想”的人。但是，很快老梅就乐不起来了，和他过招还得费些脑子。

想让他吃饭，得先对另一个人说：“你把这个吃了吧，别给安尼吃了。”

安尼听了会立马冲过来：“不，我吃。”

否定之否定，这招儿也就用了三五天，安尼先生就识破了这种圈套，再遇到这样的情况，他便两手一夹，从容地斜着眼看着这些慌张的大人：“那你就快吃吧，别凉了。”老梅一计不成又生一计：“我们来比赛吧。”于是大家一起起哄比赛吃饭速度，但是安尼先生每次比赛都得第一名也没啥意思，这一招很快也就失效了。

遇上这样贼机灵的小子，老梅内心既喜欢又纠结，时不时还会恼羞成怒，觉得自己智商不够用。老梅自己又反省，与其被这小子牵着鼻子走，还不如把主动权交给他，让他自己来选择，自己决定，之后的事情便是督促他信守承诺。

之前每次去幼儿园时，他经常以衣服不合身为由要求半路回家换，现在索性打开衣柜让他自己决定今天出门应该穿什么。吃饭前，事先征求他的意见，今天想吃什么。以往洗澡他总是拒绝，现在让他自己选择。“你是6点洗？7点洗？8点洗？还是9点洗？”于是他喊：“9点洗。”到了9点再叫他：“安尼，你不是说9点要洗澡的吗？自己的话必须兑现呀。”如此一说，变成了这件事本是他的决定，我们只是在提醒他一下而已，什么事情换了主体之后推行起来就好多了。

老梅发现，把选择权交给孩子之后，大人和孩子都轻松了，也不纠结了，决策权在安尼，监督权在老梅。之后老梅开始把更多的权利交给安尼先生，包括他自己的服装要买什么样的，家里的装修应该用什么方案，周末去哪里玩，用什么方式出行……老梅负责提供多种方案，安尼先生负责拍板。

这样的方式一直延续至今。除了幼儿园时，老梅为未满两岁的安尼先生做了选择，之后的小学、初中、高中，包括出国选择学校，都是他自己拍板决定的，老梅和古鲁只是提供一些参考性意见。

自主选择是自我承担责任的前提，自己的事情自己考量、自己决定并且承担这种选择可能导致的任何一种结果。从小培养独立思考的习惯，对于未来独立人格的养成是一件极有意义的事。

安尼先生的整个青春期都显得特别平静和阳光。有一次老梅问他：“人家的小孩一到青春期都特别叛逆和冲动，你为什么这么安静？”安尼先生说：“你之前什么事情都让我自己选择，我有什么要叛逆的，我不能跟自己拧巴吧？”

想想也是，在最早的“叛逆”来临前就把主动权交给孩子，相信他，支持他，帮助他，共同成长，两情相悦。这些年来，安尼先生给了老梅太多惊喜。毕竟未来的路要他自己走，还是把权利早早地交给孩子吧。

智慧小贴士 19

◇ 尽量把是非题变成选择题，引导孩子对多种选项进行分析后再拍板。

◇ 孩子和自己的选择不同时，必须尊重孩子的选择。

◇ 早早地让孩子做选择，练习应对未来人生的种种状况，家长还是早早地放手吧，相信他会给你许多惊喜的。

梅想到

11. 敢跟孩子说“我错了”

每次有人看见安尼先生的脑袋都会惊讶地叫一声：“哟，两个旋儿，很拧的吧？”

虽是疑问句，但老梅知道他们内心的结论一定是肯定的。

安尼先生的确“拧”，喜欢跟自己较劲。有一次他不小心打碎了一个自己特别喜欢的玻璃风车，看他难过地咧着嘴，老梅安慰他：“没关系的，你又不是故意的。”

谁知这句话反而惹得他大哭，口里喊着：“我就是故意的！我就是故意的！”

老梅反而不知道该怎么说话了，只好嘟囔着："那你就好好哭一场吧。"然后灰溜溜地先走开了。

老梅待在一边观察安尼先生，然后寻思其间的逻辑关系。三岁多的安尼先生平时还算乖巧，总能赢得各种表扬。这次打碎了玻璃风车，对自己有点恼羞成怒，他哭其实是在声讨自己，这个时候老梅还是安静为好，让他自己收拾残局方显明智。

但是，老梅转念再想，是否可以用另外一种方式来解决这件事呢？

可以认个错啊！

反省老梅和古鲁，都属于比较"拧"的家伙，死不认错。之前杨师傅好像也很"拧"，老梅小时候所受的责罚中，有一部分是被冤枉的，但杨师傅有时意识到自己的错，也不会直接道歉，而是要给自己找一个"台阶"，或是在别的方面另行补偿一下。

这么做的原因很简单，大人们是要"面子"、要权威的，"大人们是不能错的，你认错了孩子以后就不服你了"。

但是，你不认错他就服你了吗？孩子长大了，自然能分辨出各种缘由……

与其找各种"台阶""面子"，都不如直接认错简洁，无后顾之忧。老梅想明白了一个道理，搞砸了一件事情，说错了一句话，最好的方法是分析事情的过程，检讨自己的言行，然后直接说："对不起，我错了！"

这样，这件事情也就直接翻篇了，没有什么"后遗症"。不论是对孩子还是大人都是同样的道理，把这个方法用到工作中也是同样的，与其无理狡辩，不如直接面对，坦然认错，诚实向前。

老梅在与安尼先生的相处中运用这个方法，安尼先生时不时地会问老梅一些字的读法和用法，老梅偶尔会说错，一旦发现了便会向他道歉："对不起，刚才这字我认错了，应该是……"但凡这个时候，安尼先生就会表扬我："知错就改还是好孩子！"

遇上安尼先生提问老梅回答不上来时，老梅也会直接对他说："这个我不知道，等我去找个老师再来回答你。"

如此这般，老梅一下子觉得放松了。安尼先生再发生不小心打碎碗的事件，便会主动说："对不起，碗，我不是故意的。"然后自己看着碎片愣一会儿神，事情也就过去了（其实安尼先生是一个挺谨慎的人，各种事故很少发生）。

倒是在学习过程中，随着这家伙的博览群书，经常会和老梅争执一下或是打个赌，但也是愿赌服输，不过，自从他上了小学之后，这类小打赌中还是他赢得更多一点。

在与孩子的平等交流中，"面子"实在不是什么好东西，而且父母们并不是所有事情的权威，犯错也是一件很正常的事。大多数情况下，共同面对现实才是更重要的，往大处说，这有关诚实，有关独立思考；往小处说，家长也可以放下包袱，轻松前行。很多时候，家长们强词夺理死不认错，反而显得愚蠢和不明事理。

学会说"对不起，我错了"，往往大人比孩子更需要勇气。在这个日新月异的时代里，谁也不是先知，还是和孩子们一起学习、共同成长更加令人愉悦。

智慧小贴士20

◇ 在孩子面前甘当“弱势群体”其实是一件特别快乐和幸福的事，和他一起认清自己的不足，甘当“麻雀”被解剖，给孩子示范一下纠错的全过程，以促进母子和谐。很多年后再回头看，真是弥足珍贵的记忆呢。

梅想到

12. 谁是“专家”？!

从两岁开始认字，安尼先生的积极性一发不可收拾，认路牌，读报纸，看书，讲故事……这些渐渐已经无法满足他的识字癖和求知欲了，于是刚过三岁的安尼先生有了一个疯狂的新爱好——抄字典。

先从《新华字典》开始抄起，抄的时候他会不停地问老梅：“这个字你认识吗？”“这个字算难写的吗？”但凡老梅认识的字，他稍加浏览便放过去了，要是老梅说“不认识”的话，他便会认真地把那个字研究一番，写法、读音、意思、组词……每个周末回家来都要抄上个把小时，寻出六七个“老梅也不认识的字”来。

刚开始老梅也不知道他如此认真抄字典是为什么，如此怪异的求知欲对于一个三岁的小孩来说总显得有点不同寻常。后来才明白，那些字是他去挑战老师，挑战“专家”用的。

幼儿园里一上课，安尼先生就会对老师说：“你教我们认字之前先看看这几个字你认识吗？”老师让他去黑板上写下来，安尼先生一口气写下五六个字，然后用一种略有得意的表情看着老师。老师一看，立马傻眼了，一般来说，安尼先生写出来的字老师最多认识一两个。老师如实地说：“不认识。”但又有点不敢相信地问安尼：“你认识吗？”

安尼先生一脸得意地说：“当然。”于是便将这些字怎么读、什么意思、如何用，给老师讲一遍。

如此这般，之后每周老师都会让安尼先生来教大家认几个“老师也不认识的字”。

听说老梅的公司里有一位同事是北大的博士，这激起了安尼先生的挑战欲，他经常主动要求到办公室来“考博士”，人家又不是古文字专业的博士，自然也很难经得起这种“考试”。这时候安尼先生就会很得意地对博士说：“哼，你还博士呢，我这三岁小孩都认识的字你都不认识啊！”

如此这般，安尼先生乐此不疲地抄字典抄了一年多，《新华字典》抄完了抄《辞海》。之后又有了个爱好——背地图，五岁的安尼先生能把一本《世界地图》背得滚瓜烂熟，还热衷于各地的一些冷门知识，甚至凭这个技能把一个个来家里的大学生、研究生都考倒了。

那段时间里，一有年轻人来家里，他就先问人家：“你什么文化水平？”高中以下的一概忽视，只要对方说“大学以上”，便要经过他的测试：“你知道某某海沟在哪里吗？太平洋最深处在哪里？有多深？……”这种变态考有几个常人能挺住？

再后来，迷上音乐之后，安尼先生居然把一本《音乐圣经》给背下来了，包括那些作曲家的生卒年月、主要作品，经常说起一个人的年龄，他就会自动搜索：“那一年贝多芬写了《月光》，那一年莫扎特已经去世三年了……”诸如此类。上小学后，安尼先生开始时不时地在老梅的书柜里搜寻：看看有什么书是你读不下去的，我来读读。于是《芬尼根守灵夜》《追忆似水年华》……更有甚者，他还给《芬尼根守灵夜》谱了曲！

安尼先生的学习动力很大一部分来自挑战权威，老梅是真心感谢金色摇篮幼儿园以及那些被安尼先生“挑战”过的专家，他们的高度配合与充分欣赏让安尼先生的求知欲受到了很好的保护和激励。那些专家，有些是很有知名度的学者，却可以平易近人地和安尼先生一起交流学习，一起争执打赌，他们的童心、他们的仁厚，让安尼先生感受到了学习知识的快乐。这种“挑战”性，也让安尼先生后来的艺术创作可以冲破“套路”，去思索去尝试。

挑战权威，包括家长们的权威，有很多时候会让人“下不来台”，但是，孩子们的思路一旦打开了，将会给家长们打开一个无比广阔的世界。

老梅真的觉得，被安尼先生“教育”着成长，一种共同的成长，是生命里最快活的事情。

智慧小贴士21

◇ 让孩子成为某一个方面的“专家”，可以激发他学习的成就感，经常让孩子给家长们上上课，并及时提出自己的问题，可以引导孩子更深入地学习和思考。

梅想到

13. 好孩子是“夸”出来的！

每个中国小孩都有一个可怕的竞争对手，他们的名字叫——“别人家的小孩”！

“看看别人家的小孩”是家长们拿来羞辱自家孩子的神器。“别人家的小孩”体健貌端，才华盖世，传奇演绎，匪夷所思，他们的各种传说在家长们的口中发扬光大。唯独自家小孩这不行，那不行。

老梅小的时候，杨师傅总爱说：“我家小丫头长得实在不漂亮……”弄得老梅为自己的容颜愧疚了很久，只想着埋头读书，努力做家务，然后当个“内秀”的人。落下的后遗症是看见漂亮女人都会自动退后三步。

老梅之前发誓，一定要把自己这辈子缺失的被表扬在自家孩子身上找补回来，要让他自尊、自信、阳光明媚。老梅相信：好孩子是“夸”出来的！

夸，需要技巧，更需要一种心态和胸怀。你要有一个“放大镜”，将孩子在日常生活中的“闪光点”放大开来，寻找出其中的正面能量加以张扬。

夸，其实是一种指引，一种肯定，一种点拨和能量的激发。

这种累积的能量和充分的肯定，可以让孩子更加自信，更加理性，从而更加坦然地去面对困境和问题。

安尼先生一开始的成长就伴随着各种表扬和喝彩：“你真棒！”

进入幼儿园之后，老梅就发现自己的理念和金色摇篮幼儿园“赏识”“尊重”的理念高度一致，孩子们时不时会为自己的小成功欢呼庆祝一下，那段时间里，安尼先生每做一件事情都会问一句：“我是不是很棒？”

答案是唯一的，久而久之，安尼先生就成了“棒棒糖先生”，什么都要是最棒的。要是不那么棒的时候怎么办？还有，犯了错怎么办？

老梅有一种方法，是用表扬的方法来进行修正，一件事情可能只能算是勉强及格了，这时候，老梅会先表扬这件事情总体合格了，把优点一一说出来，然后开始说问题：“假如，这个地方要这样处理的话，可能会更棒，我相信你下一次一定能做得更好！”

一般情况下，安尼先生会立马动手改正，然后在改正过程中不停地问：“这样是不是更棒了？这样呢？”

于是一番更大的表扬，安尼先生会接着问：“我是不是很棒？你这么大的时候有我这么棒吗？”在之前的各种自我叙述里，老梅是个有点笨笨的、经常会被罚跪搓衣板的淘气小女孩，所以安尼先生一开始就觉得自己比老梅当初厉害多了。

不仅如此，老梅还发动一切可以表扬的力量来表扬安尼先生。

有一阵子，安尼先生迷上了画画，开始无师自通地画油画，看完一本

《怎样画油画》，又开始疯狂看各种画册，然后就抡开膀子各种画。

老梅为此在家里特意腾出了一面墙作为“安尼画廊”，来了客人就让他们参观“画廊”，诱导他们说出各种鼓励的话。

为了提高表扬的“含金量”，老梅还请了专业的画家、艺术评论家来评点，这些举动都让安尼先生的绘画热情一浪高过一浪……

这些“专业人士”的表扬让安尼先生很受用，也更加用心地听取他们的建议。在老梅的理解中，“建议”与“批评”是同义词，但安尼先生更加乐于倾听。

“夸”是指引，是赏识，是一种充满爱意的催生素。只有用情、用心，才能真正地夸到实处。

其实，无论是母子关系还是同事关系或者朋友关系，及时发现别人的优点能使人与人之间的关系和谐得多。

“夸夸更优秀！”我们的孩子缺失的表扬太多了，希望家长们能更多地夸夸自己的孩子，一句赞扬就是一个拥抱！

智慧小贴士22

◇“夸”其实是一种方向的指引。

◇“夸”的窍门在于真心实意，而不是一种敷衍，发现孩子的长处或是不足，然后用鼓励的口气说出来，会让孩子自己去体会当中的奥秘。

梅想到

14.“大人也要讲道理啊！”

几乎每个小孩都有被恐吓的经历，大人们经常用“警察来了！”“大灰狼来了！”之类的言辞吓孩子。

老梅明知道这招不灵，但遇上和安尼先生较劲的时候，还是会不自觉地使用这些“傻招数”。无奈，碰上安尼先生的古灵精怪，老梅的阴谋一次也没有得逞过。

那时安尼先生还不到三岁，因为不好好吃饭，老梅便吓唬他：“你再不好好吃饭，警察就来抓你了！”安尼听了冲老梅喊：“你胡说，警察只抓坏人，不抓小孩。”老梅一下子愣在了那里，安尼先生说：“警察是保护小孩的。”

好吧，有道理！

还有一次，到了晚上快 10 点，安尼先生还在忙这忙那地不肯睡，老梅威逼利诱各种手段都使了，他还是不睡。老梅急了，说：“你要再不睡的话我们就都走了！”

安尼先生说：“你们去哪儿呀？”

“去姑姑家，去南昌。”

没想到，他听了这话一点也不着急，盘腿往床上一坐，冲我们挥挥手说：“你们走吧，你们都走吧，我一个人在家一点也不害怕。”

老梅、姑姑和古鲁一起都傻了，不知道这戏该怎么往下演。他看到我们愣在那里，还使劲冲我们挥手：“你们走呀！”

于是老梅拉着姑姑和古鲁出去转了一圈，然后又灰溜溜地回了家。

安尼问：“你们怎么又回来了？你们不敢走吧！”

老梅只好说："天太晚了，没有车票了。"

老梅看见安尼鼻子里轻蔑地哼了一下，然后有点得意地去睡觉了。

如此这般，让老梅明白了一个道理，对孩子恐吓是下下策，孩子其实并不信你，在我们教育孩子要明事理、懂规则的时候，自己也要理顺其中的逻辑关系。

之后，老梅和安尼先生相处之道就从订正规则、遵守规则开始。用安尼先生的话说就是："大人也要讲道理啊！"狡猾的安尼先生还说："不要用你做不到的事情来吓唬我！"

老梅一直觉得小家伙是明是非懂道理的，有时挑战一下，也是想测试一下成人们的智商，看着大人束手无策的样子过过瘾。这时候，大人逞强一定会被"修理"；相反，适当示弱，求关怀、求帮助倒更能激起他们的同情心，然后，皆大欢喜。

"大人也要讲道理啊！""狼来了"的故事其实更需要成人听。和孩子平等相处，动之以情，晓之以理，相信你和孩子也能建立起一个和谐的交流机制，而且，这种平等的交流会让你们受益终身。

智慧小贴士 23

◇ 和孩子坦诚交流，平等相待，要有足够的耐心"讲道理"。要不然你的那些糗事，他会写进作文里或是和小伙伴们一起吐槽并狠狠地加以嘲笑的。

◇ 关键时候，向孩子"求助"更有效。

梅想到

15. 妈妈是道挡风墙

老梅很怕一种人，借口喜欢孩子，便对孩子动手动脚，捏捏孩子的腮帮子，揪揪头发，又或是浑身上下一顿乱摸的那种朋友或者邻居。从小生长在市井中的老梅看多了这些粗鄙的行径，发誓决不让自己的孩子被别人当玩具。在保护孩子这件事上，老梅的确像只母老虎。

老梅从小便有一位令人发怵的邻居阿姨，他们家有四个男孩，最小的那个叫“皮球”，和老梅同龄，是个特别淘气、整天拖着两条鼻涕的小讨厌。那阿姨只要看见老梅，就会拦住老梅问：“你给我们家皮球做老婆行不行？”老梅只要说“不行”，她便不让路，一直要拦到老梅点头同意，然后喊她一声“婆婆”才放行，天天如此，乐此不疲。有时老梅和小伙伴玩得正欢，她也会冷不丁闯过来捏住老梅的小辫子叫：“喊婆婆！”

老梅回家向杨师傅求助，杨师傅却总说：“阿姨是喜欢你才逗你玩的。”杨师傅不知道那个阿姨揪人辫子有多疼，也不知道她当众逼人叫“婆婆”有多尴尬！老梅说：“那你求求阿姨，让她讨厌我吧！”

反正几十年过去了，那位阿姨再说起当初她有多喜欢老梅时，老梅依旧觉得十分尴尬。

老梅当妈之后，下定决心要给安尼先生筑一面安全墙，为他抵御一切可能的伤害。

尔清小时候住在一个大园子里，园子里有一位老先生总是喜欢对小孩动手动脚的，那会儿安尼先生也就两岁多吧，那天，这位老先生过来逗安尼："来，来，给爷爷看看你的小鸟还在不在？"说着就要过来动手，老梅一把抱起安尼，对他说："别，老爷爷自己有，你让他也给安尼看看！"那老先生立即涨红了脸："我不就是逗逗小孩子吗？真没教养！"然后转身走了，身旁的其他妈妈说："姐，还是你狠，看他以后还敢不敢动手动脚。"

不知道后来这位老先生的行径有没有收敛，反正他从此不敢靠近安尼了。

还有一类人，也是老梅敬而远之的，最常见的是那种逼孩子说"爸爸好还是妈妈好？"的人。这类问题在老梅的眼里都是故意为难孩子的，去评价和比较父母的爱，无事生非，还会让孩子左右为难。安尼先生在这个问题上绝对不上套，一般会说："高速公路真快！水泥搅拌车真大！花儿好美！"如此这般。

更可恶的是另一类人："你妈妈马上又要给你生一个小妹妹了，要是有个小妹妹她就不会喜欢你了，你怎么办？"

有些孩子不辨真伪，听了这番话要么哇哇大哭，要么自个儿生闷气。

老梅搞不懂有的成年人为什么就不能好好和孩子玩儿，为什么非要用一种奇怪的方式，让孩子"怕"他。老梅会把这些让孩子害怕的大人都给屏蔽掉。

妈妈是帮助孩子抵挡外来伤害的第一道屏障。"我的孩子不是你的玩具"，老梅在这个问题上的坚持和固执已经到了"丧心病狂"的程度，即使长辈们在家，老梅也公示了一道规则：禁止任何伤害孩子的恶作剧，禁止在孩子面前吵架、争执。

给初涉人世的孩子一个安全的空间，筑一道墙，为孩子遮风挡雨，老梅就是这么霸气地“护犊子”的！

智慧小贴士 24

◇ 保护孩子是母亲的天职，作为孩子的亲妈，你就必须是他的坚强后盾。相信他，赞美他，帮助他，不要因为面子或者是你的各种“小算盘”让孩子受委屈甚至受伤，千万不要用“别人家的小孩”来伤害自己家的孩子。

梅想到

16. 没有睡前故事的睡前时间

老梅的“生”前功课中是准备了许多睡前故事的，老梅准备给成长中的安尼先生好好讲讲各种故事，算是一种文化启蒙。老版本的《365 夜》，新版本的《格林童话》《安徒生童话》……经典、传统，中国、外国，各种各样。但是，老梅后来发现，安尼先生似乎不需要这一类东西，不，他要的是别的很多种东西。

现在回想起来，安尼先生读过的儿童文学作品似乎很少，记得有一本是《会开枪的狮子》，还有一本百读不厌的就是《小王子》了，老梅买的大批睡前故事基本上送人了，安尼先生对听人讲故事这件事并不感兴趣，他对编故事的兴趣反而更大一些。

比较起来，他似乎更喜欢那种“随手阅读”的方式，也许是因为识字比较早的缘故，他经常会关注老梅在读些什么，还有手边的报纸杂志上有什么新鲜事，反正不会听你的安排。安尼先生想读什么就读什么，老梅可以听。实在不想读的时候就一起来编一个故事。

每天把安尼先生赶上床都是极为困难的事，他每天太忙了，有太多的事情要做。“舍不得睡呀！”“睡觉多浪费时间啊！”于是，上床玩一个游戏便可以作为一个很好的引导他睡觉的由头，一起钻进被窝，玩一个“山顶洞人”的游戏，老梅就成了一个“老巫婆”，必须变着法子来骚扰山洞里的“小王子”：一会儿为了找长生药，只要亲一下“小王子”就能长生不老；一会儿为了炼仙丹，因为“小王子”身上藏着炼丹配方；再不就是要变成一个“白雪公主”，来抢“小王子”的金苹果。反正“老巫婆”老梅总是来找“小王子”的麻烦，“小王子”总是聪明绝顶地识破骗局，还武功盖世……这样，几经斗智斗勇，安尼先生斗败了“老巫婆”，就可以幸福地入睡了。

安尼先生不太接受现成的故事模式，即使引用一个现成的故事也要把它解剖得支离破碎，然后改编出各种各样的变调和结局来，一本《会开枪的狮子》被他改编成若干个版本，搞笑版、中国武术版、海底版、非洲草原版、英国伦敦版……前后讨论了近两个月。安尼先生将各路故事糅合在一起，粗暴地打碎，然后慢慢地拼接。

有朋友让老梅给孩子推荐一些睡前故事，真的是没有。睡前并不一定就是故事时间，还可以干些别的事。在记忆中，安尼先生上幼儿园之后，老梅和他的睡前时间更多的是用来聊天，聊当天的各种见闻，聊各自对某件事情的看法，大部分时间是安尼先生说或是发问，老梅听或是回答，有时老梅也发问，或分析分析当天报纸上的某条新闻。

记得有一次讨论海湾战争，老梅有点偏美，但安尼先生说："他们都不对，因为打架就不是一件好事。两个国家，那么多大人，却找不到一种不打架就能解决问题的办法，说明大人也没有那么聪明。"

接着安尼先生便帮他们想了一堆办法，比如让妈妈们管理国家，比如大家把自己的巧克力都拿出来，然后按人头分，每个人都有份儿……

有时我们也会讨论幼儿园里的老师们对他的表扬或是批评，有段时间，安尼先生因为中午不肯睡午觉而频受批评，他很不服气，对老梅说："我是来学习的还是来睡觉的？"安尼先生一直觉得时间是很宝贵的，他舍不得睡，那些快乐的时光用来做点什么不好呢！于是老梅就苦口婆心地给他讲睡眠对于成长的重要性，但安尼先生始终不接受老梅的这些理论，他坚持，有的人要每天睡十二个小时，有的人只需睡八个小时，安尼先生自身能量充足，每天睡六个小时就足够了……就好像和吃饭睡觉有仇似的，王尔清先生现在依旧"舍不得睡"！

其实睡前时间大可不必局限于讲故事这一种形式，孩子真累了，一秒钟就可以倒头睡下，完全不需要一段漫长的催眠时间。

睡前时间是老梅的"亲子时间"，其实很多时候，是安尼先生把老梅哄睡了的。

智慧小贴士25

◇ 睡前时间有太多种过法了，编故事的乐趣超过单纯的阅读。把乱编的故事写下来就是共同的创作。

◇ 更多时候可以让孩子来给妈妈讲故事，大人们也是需要“哄”的。

梅想到

17. 小鬼当家

安尼先生的购物是和上幼儿园同时开始的，识字的同时，就读于幼儿园的安尼先生也开始学着算账了。

安尼先生最初去买东西，一般都是他自己的小零食，金额严格控制在一元之内。有一段时间他和幼儿园的小孩一起迷上了一种叫“口水棒”的东西，一毛钱一根，老梅一般给他五毛钱去楼下的小卖部买。几次之后，安尼先生觉得自己跟老板熟了，便提出了新的要求：“你看我这么可爱，能不能再送我一根呢？”老板犹豫了一下，安尼先生说：“我已经是你的老顾客了，你应该优惠一下呀。”老板被他逗乐了，便赠给他一根。这根附赠的口水棒就像他的战果一样，总要留到最后才恋恋不舍地吃干净。

到了四岁左右的时候，安尼先生要求把他的玩具经费交给他来支配，因为他觉得自己购物的“砍价”水平远远高于老梅。

有段时间，安尼先生总去附近的市场，拿二十块钱可以买回来一堆玩具，他的战术是这样的：先挑一件大的，自己最想要的那件，然后开始砍价，一般五十块钱的能砍到二十多块钱，然后再挑一些小玩意儿，最后告诉老板："我只有二十块钱，但这些我都想要，怎么办？"老板要拿回去一些，安尼先生笑眯眯地说："那这些我全都不要了。"转身就走，老板看着又不忍心了，于是便全给了他。不过每次安尼去买东西的时候总能吸引不少人观看，那个摊上的人气倒是挺旺的。

老梅对购物本来就没有什么兴趣，每次去超市，安尼先生都主动要求帮忙，这次出门一共要带多少钱，安尼先生得先帮老梅数清楚，然后把购物清单列出来，包括说好的玩具和零食。一般来说，安尼先生都很有控制力，不仅能管好自己，还能管好老梅，不准老梅"即兴消费"。

在超市里，老梅往购物车里放一件东西，安尼先生就会看一下标签，然后自己在那里算，有没有超出预算，有时看老梅拿的东西多了就急得大叫："你不能再买了，再买你就要破产了！"弄得周围的人都盯着看，说："这个小孩真厉害，还知道破产呢。"老梅就只好乖乖地把东西放回去，有这个小当家在一旁监督着，全家人花钱都很规矩。

时常见到有些孩子为了要一件什么东西满地打滚儿哭闹，安尼先生很少有这种状况，原因是每次出门之前大家都定好了规则，安尼先生觉得自己是"家长"，应该精打细算，应该给大家做出榜样。回到家里，老梅走到哪里安尼先生就会跟到哪里，在后面关灯、关水龙头，嘴里还念念有词："不要浪费水电资源！"想来是在幼儿园里学来的吧。

安尼先生这种精打细算劲儿一直维持到现在。稍大一点，特别是迷上音乐之后，他把零花钱全奉献给了书店和音像店。但为了控制他无尽的占有欲，老梅每次在他进店之前，也会定好一个数字，因为那些总谱实在是太贵了，老梅每月会给他定一个二百元到三百元的指标，这样，安尼先生购买总谱的时候经常要反复比较，看哪个版本更好，性价比更高。每次得花半天的时间才能买上几本书，因为他得判断哪些书翻翻就行，哪些书可以长期持有，哪些书可以去借来看，哪些书必须放在手边经常阅读……

做计划，写清单，孩子的欲望需要理性控制，许多时候，不妨让他来当家。

控制孩子的物质欲望，除了老梅自己以身作则，杜绝大手大脚外，另一个办法是让安尼先生来“管”家，安尼先生是个爱“管”家的人。两岁之后，平时家里来了客人他便负责接待安排，引导客人吃饭睡觉，督促老梅把他能想到的各种生活用品都给客人配齐全了才放心地走开……让安尼先生为大家“操操心”，对于家里的重大开支他都会提供个人意见和看法，安尼先生从小就有了对“重大事件”的表决权。

智慧小贴士 26

◇ 每个孩子都是小掌柜，爱操心，乐于助人，这个时候家长、孩子和客人一配合就能形成三赢的局面，被关心的人温暖，孩子有成就感，家长们还能得意一下，何乐而不为呢？把孩子们招待客人的种种情景拍个照片发朋友圈，应该比你那些自拍照能赢得更多的赞。

梅想到

18. 打一顿，还是说一通？

老梅小时候犯了错，杨师傅就让她跪搓衣板，裤管卷到膝盖以上，跪的地点在毛主席像下。想明白了再对杨师傅做口头检讨和绝不再犯的保证。还有一些即兴的体罚，基本上都是杨师傅的手边工具，毛衣针或是量衣尺，比起大杂院里时常被皮带短棍打得哭爹喊娘的邻居小伙伴来说，杨师傅的体罚方式还算比较文明。

老梅后来再回想，儿时的这种体罚对自己的行为真有什么“修正”的作用吗？

好像没有，只是老梅后来闯了祸打了架之后，首先要做的就是警告现场的小伙伴，不准去家里告状，谁要是敢去家里告状的话，明天“咱们接着较量”。所以很长时间里，杨师傅一直觉得老梅是个很乖的小孩，因为很少有人上门告状。

老梅在自己最初制定的规则里，也明确告诫自己——不准体罚孩子。

安尼先生早期也算是乖巧伶俐，真正闯祸或是惹人生气的时候并不多，所以并没有将矛盾激化到令人想揍他的程度，但是随着年龄的增长，他的“逆反”劲儿渐渐上来了。要不要体罚成为老梅和古鲁时常讨论的一个问题。老梅坚持要讲道理，古鲁则坚持——偶尔体罚一下也许会起到警示作用。

安尼先生四岁多时，有一次，老梅发现钱包里少了一百块钱，于是问安尼先生，安尼先生说是他拿的，给姑姑了。因为他听见姑姑在给家里打电话的时候说盖房子要不少钱呢，于是自作主张从老梅的钱包里拿了一百块钱塞到了姑姑的枕头底下。

老梅想了好半天，应该如何处理这个问题，于是和安尼先生之间正式开始了一种新的沟通方式——谈话。

“我要和你谈谈。”

老梅把安尼先生单独叫到书房，面对面坐下，然后告诉他：在没有告知对方的情况下，从别人的钱包或是别的什么地方拿东西，那叫“偷”。即使“偷”妈妈的钱，也是偷，以后无论是家人还是同学，都不能随意拿他们的东西。安尼先生想帮助姑姑，可以和妈妈商量，大家一起来帮助姑姑，但是不准私下从任何人手里拿钱或物！安尼先生很认真地听，然后点头并认了错，并保证以后再也不会发生类似的事情了。

也许是老梅将这次谈话的场景安排得太过严肃，反正安尼先生自此之后再也没有发生过同类的事。而且，老梅由此发现：谈话是一种不错的教育方式。

但有些事情靠谈话并不能解决，比如说吃饭问题。自小到大安尼先生就不肯坐下来好好吃饭。按照老梅的意思，他不好好吃就不用管他，他饿了自然会吃。但林娴姑姑生怕安尼先生饿着了，总是各种哄或是追在后面喂。有一次，姑姑让安尼先生吃饭，安尼先生只吃了一口便说：“不好吃！”随即把饭碗倒扣在了桌子上。

古鲁见状，立即过来把安尼先生拎了起来，并对姑姑和老梅说：“你们都出去，我今天要好好教训教训这家伙，越来越不像话了。”

说着古鲁便将安尼先生拎进了卫生间，并关上了门。安尼先生看父亲大人发火了，但还是拧着，口里说着："就是难吃嘛。"

古鲁听了更加来气，拿起拖鞋在安尼先生的屁股上抽了两下。

老梅在外面只听得安尼先生哇哇大哭，大约过了半个小时，就见安尼先生哭红了眼睛走出来，然后乖乖地坐在桌前。

几乎是哽咽着，安尼先生把这碗饭吃完了，边吃边冲古鲁说："爸爸，我吃完了饭你能陪我看《哪吒传奇》第二十五集吗？"

老梅不明白他为什么要单选第二十五集，结果一放片子，老梅和古鲁一下子都乐翻了天。这一集的剧名是《父母情深》，安尼先生是想告诉古鲁——尽管你打了我，我还不记你的仇。

古鲁后来说，他其实是忍着笑打他的，而且根本也没有真打疼他，而且打完古鲁就后悔了，他私下里发誓说，以后再也不打儿子了。

在老梅看来，这次体罚似乎并没有取得什么立竿见影的效果。再从幼儿园回来，安尼先生依旧忙着自己的各种事，还是无心好好吃饭。反正老梅和古鲁也不再就此多说什么了，爱吃不吃。

但对于安尼先生来说，这场他口中的"家庭暴力"还是有些作用的，主要是为他写作文提供了一些极好的材料。每次只要写《我的家庭》《我的父亲》之类的题目，他都会写："我的爸爸火气很大，他是个司机……"算起来，光在小学阶段，他就为这件事写了十篇作文。要是没有古鲁的这次行动，他还真不知道怎么描述他爸呢。

任何时候，讲道理都是最好的方法。安尼小的时候老梅用谈话的方式，等他更大一些的时候，老梅用写信的方式来和安尼先生交流，屡试不爽，效果奇佳。

智慧小贴士27

◇ 在老梅看来，体罚孩子这事绝对是无能的招数，决不能用。而且，只要你动用一次武力就永世不得清白，家长们一定要慎用。

梅想到

第三章

小儿郎　上学堂

人生没有“起跑线”，引导孩子寻找“热爱”，是一条直通未来的人生途径，善良是基础，阅读是工具，兴趣是导向，未来之路足够宽广。

1. 可以不学小提琴

孩子到三四岁的时候，很多家长就会产生让孩子学一种乐器的愿望，古鲁和老梅都曾是文艺青年，老梅工作之后还想过学小提琴呢，学了几个月，每天拉得像锯木头一样，才在二哥的一再抗议下终于作罢了。古鲁之前也学过口琴，只是在那个年代里，吃饱饭已属不易，更何谈学音乐。在那个江南古城里，老梅是进了初中之后才第一次见到钢琴的，之前所有的音乐课上都只见到过风琴。

所以，幼儿园要让孩子们学小提琴的时候，老梅还是很开心、很支持的。至于为什么不像大部分孩子那样学钢琴，老师的解释是，学小提琴比较方便表演，孩子们容易产生成就感，就像选择轮滑作为孩子们的第一项体育运动一样。

老梅觉得这样不错，内心还有点让安尼先生帮自己圆梦的意思呢。但是，只要一想起刚开始拉小提琴的那种煎熬，老梅就有点小紧张。

刚开始的第一周，安尼先生似乎还比较喜欢，但是第二周开始，他便开始找机会偷懒了，到了第四周，他索性把小提琴往老师面前一扔，说："太难听了，我不拉了，你扣分吧。"

老梅一直不知道老师后来对安尼先生说了什么，反正这家伙回来哭了一鼻子，坚持说他不想学小提琴了。

眼看着自己的梦想不到一个月就破灭了，老梅有点傻了，但是想了想，似乎也没有什么问题，老梅说："你不想学就不学呗，又不是每个人都必须要学小提琴的，就像老梅，什么乐器也不会，不是也活得挺好？”

安尼先生没想到老梅会如此回答，他本来已经做好了再受老梅一番批的准备。

老梅问：“你不想学小提琴，那有没有其他想学的乐器呢？”

安尼先生想了一下，似乎是抬杠般地说：“我要学钢琴！”

家里很早就买了钢琴，主要是为了附庸风雅，老梅只在偶尔心血来潮时会乱弹一气。

安尼先生要学钢琴，老梅不知道他的这种念头能维持多久，不知道是该找一个专业的钢琴老师还是随便找个会弹的人带着玩，他这种热情要是又像学小提琴那样的话，该怎么办？

正好公司有一位毕业于首都师大音乐教学专业的同事贾冰，当时是公司的网络主管，老梅和他商量，可否每周用半个小时来教安尼先生弹钢琴？

贾冰答应了，每周六下午来家里教安尼先生弹半个小时的钢琴……

安尼先生正儿八经地开始学音乐了，钢琴一开始的练习没有小提琴那么磨人，而且贾冰老师完全用了一种新的方式在教安尼先生，不像一般老师那样死抠手形动作什么的，完全是在跟他玩一种游戏……

虽说不学小提琴了，但安尼先生还是时常会伴着音乐，用两根筷子或是羽毛球拍比画拉小提琴的动作。老梅好奇地问他：“你不是不想学小提琴吗？”

安尼先生说：“你没发现，拉小提琴的姿势还是挺美的吗？”

开始学钢琴之后，安尼先生就像进入了一个新的奇妙世界。三年之后，有一次，老梅带安尼先生去听一场北京中学生乐团的音乐会，其中有一个女孩的小提琴独奏让安尼先生感到特别震惊，他对老梅说："你看着吧，再过两年，站在这里的一定是我。"

回到学校，安尼先生便主动找到小提琴老师要求加课，除了正常的学琴时间外，每周还有两个中午的午休时间用来学小提琴，有时拉上了瘾，他还会要求周末去老师家加课。

很快，他不仅跟上了同学们学小提琴的节奏，还快速成了独奏员，一年考两级，一口气考到了五级。

乐趣是学习最好的推动力。安尼先生自此迷上了音乐，为自己的人生开启了一个新的世界，从拒绝到热爱，有时候真是一句话的事。

智慧小贴士 28

◇ 学什么不学什么，孩子比家长更有发言权，大可不必把自己的爱好强加给孩子，让孩子帮你圆梦就更不是什么光彩的事了（除非你的梦也是他的梦）。

◇ 热爱是最好的老师，有了热爱，一切便顺理成章了。

梅想到

2. 一切不基于兴趣的"兴趣班"都是耍流氓

安尼先生的小学选了幼儿园直升的五年制小学。当然，还是住校，只是校区搬到了昌平。

进了小学似乎正式踩到所谓的“起跑线”了，但老梅是打定了主意要让安尼先生按照他自己的节奏学习，而且老梅始终觉得，学习是一辈子的事，大可不必在这五年里浓缩，所以也没有什么紧迫感。

但周围同学的家长都开始了一种只争朝夕的教育方式，他们开始给孩子报各种各样的课外班。奥数是必选，还有英语、国学、跆拳道……老梅打定主意，陶冶情操类的课外班可以适当报一两个，其他知识恶补类的一概不去，什么奥数之类的一律杜绝，除非安尼先生自己想要去。

其实安尼先生上幼儿园大班的时候报过两个课外班，一个是快速阅读，他只上了两周就说：“阅读要那么快干什么？有好多文章我还想读第二遍呢。”于是便放弃了。

另外还上过一个舞蹈班，上第二课的时候安尼先生就说：“太累了，我得歇会儿。”上到第四课的时候，安尼先生对老师说：“你让我坐一边安安静静地看你跳吧，你跳得真好看，挺美的。”之后便再也不去了。

当初上这两个课外班的时候，老梅曾憧憬着安尼先生成为一目十行的读书快手，或是一个芭蕾小王子什么的，不过安尼先生很快就用行动断了老梅的念想。

小学开学一个月后，安尼先生给老梅通报：“我报了两个课外班，得交钱。”老梅想，安尼先生选课外班这件事居然“自作主张”了，内心未免有点小失落，但还是耐心地问他选了什么班，为什么选。

安尼先生说：“有些班挺没意思的，阅读，这是自己的事；摄影，我觉得你就能教我；写作这事是不用学的；羽毛球、滑冰、游泳什么的，我也没有兴趣。我选了科学实验班，这个在家里是没法做的，学校里的实验室条件和材料会更好一些。还有一个是武术，我想，要是学会了武术，将来就没人敢欺负我了。”

老梅听着，觉得安尼先生很有主见，实在不需要老梅再指手画脚，于是就老老实实地交了钱。但自己选的武术课，安尼先生也只上了一个月，回来还气哼哼地说：“什么武术，其实就是太极拳，还不如让我爸教我呢，没劲。”于是这门课程也就不了了之。

至于科学实验课，刚开始还听他回来说每周做的实验，过了一阵子也不提了，估计也是无疾而终了，问题是出在学校还是出在安尼先生自己身上，老梅也懒得追究。

这些课外班其实都是在学校学的，并没有占用周六周日的时间。安尼先生的周末一如既往忙得四脚朝天，特别是七岁之后迷上了音乐创作。

老梅一直觉得，不是基于个人兴趣的“兴趣班”都是耍流氓，就像体育比赛里的抢跑。更有害的是，一些强加的课外班，在孩子刚上学的时候会导致孩子不适应，从而厌学。

在老梅看来，学习是一门毕生的功课，可以其乐无穷，大可不必把它全部浓缩在这五六年的小学时光里。如何在教育中摒弃功利的做法，找到保护孩子求知热情的途径，从而使其保持一生的求知欲，这才是母亲们应该做的功课。

课外班本应是孩子的另一个快乐之源，很庆幸，安尼先生的教育中没有被这些课外班压迫，至少，他的学习是自愿的，快乐的。

小贴士 智慧 29

◇ 课外班、兴趣班一类的东西在老梅看来真正的意义并不大，除非是孩子由衷地热爱的，任何越俎代庖的报班都没有好结果。

◇ 孩提时代，最重要的还是要培养其阅读的兴趣。

梅想到

3. 放手吧，老妈！

因为对吃饭睡觉这些事情极不重视，安尼先生一直没长成老梅希望的挺拔雄伟的身材，不但年龄比班里的孩子小一两岁，身高还比班里的男生矮了半个头。在幼儿园时老梅还不担心，因为班里的男孩们看上去还相对比较平衡；进入小学了，那阵势吓了老梅一跳，有几个孩子完全是举重运动员的架势；更令人着急的是，全班二十个孩子中，只有七个女生，“资源”严重不平衡啊。

安尼先生一向是个和平主义者，打架斗殴之类的事情从来没有发生过。但进了小学，面对这些牛高马大的同学，即使磕磕绊绊，安尼先生也是要吃亏的。果然，有一个周五去接安尼先生，一下课老师就把老梅先叫到一旁，她先向老梅鞠了一躬，吓了老梅一大跳，然后老师说：“对不起，我们没有照顾好尔清，昨天上体育课的时候，小C从后面推了一下尔清，结果尔清摔倒了，嘴唇和眼睛旁边都擦破了，有点肿，我们昨天已经带他去医务室处理过了，没有什么大问题。尔清妈妈，你看要不要叫小C家长来学校讨论一下这件事情，昨天我们本来想叫小C家长过来的，但尔清坚决不让。”

老梅心里颇有点忐忑，不知道安尼先生的伤究竟怎样，毕竟是伤在脸上。

老梅说先看看安尼先生吧。于是赶到教室，发现他正在跟几个同学讨论《冒险小虎队》呢，看他的嘴角肿起来老高，眼睛旁边的伤离眼睛只有不到半厘米。看见老梅进来，安尼先生笑笑：“挂彩了，没事儿，都是我不小心。”

老梅转身看，小C正在擦黑板，那是一个牛高马大、全班最壮的男生。他有点胆怯地看着老梅，老梅便走过去拍了拍他的肩膀：“哎，小子，你以后要小心点……”

老梅话还没有说完，安尼先生一下冲了过来，拉开了老梅：“人家又不是故意的！我的事情我自己会处理！”他态度坚决，不由分说地把老梅推到了一边，然后快速整理好书包，拉着老梅离开了教室。安尼先生对这件事情的处理态度令老梅很纳闷儿。上了车老梅便问安尼先生：“你为什么不让老师叫小C的家长？怕他以后再报复你？”

安尼先生说：“你们大人的思维真奇怪，我们之间的事情自己就可以解决，挺简单的事情，大人一介入就复杂了。他本来就淘气，跟谁都会逗一逗，我自己应该有准备的，他推的又不是只有我一个人，人家都没摔，就我摔了，以后我注意点就好了。”

老梅想想，安尼先生说得似乎有点道理。又问：“那为什么不让叫家长？”安尼说：“小C的父母很早就离婚了，他跟着他姑姑在北京上学，他们家虽然很有钱，但他爸和他姑打起他来特别狠，要么给钱，要么死揍，小C其实很可怜的。你一叫家长，他姑姑一来肯定又要往死里揍他！”

老梅说：“他要是下次再推你呢？”

安尼说：“不会了，他会和我成为好朋友的。”

老梅不知道安尼先生哪里来的自信，但后来的确再没有发生过这类事情，安尼先生和小C的关系一直也不错。

安尼先生还有一个同屋小H，也是个小胖墩儿，一兴奋就喜欢拧安尼先生的腮帮子，安尼先生虽然不哇哇叫，但有时被拧得龇牙咧嘴的。

有一天开家长会，老梅遇到了小H的妈妈，便对她说：“小H和安尼先生是好朋友，可你别让小H老拧安尼先生的腮帮子，很疼的。”

小H的妈妈说：“我还正要跟你说说，你以后让安尼别在晚上讲那些吓人的故事了，你别看小H那么壮，其实他胆子特别小。”

老梅一听好奇心上来了，问道：“安尼都讲了什么吓人的故事呀，他好像很少看这类故事呀。”

“他讲，有一种澳大利亚红蜘蛛，会吃人的。趁人晚上睡着的时候，在人身上织网，就把人缠死了。说学校里也许会有这样的蜘蛛。还有法国蜻蜓，青蛙什么的，反正都挺吓人的。弄得小H晚上都不敢睡觉，一整夜一整夜地坐着……"

安尼先生这一招大出老梅的意外，看来，小个子的安尼先生对付牛高马大的家伙有他自己的办法。

自此以后，老梅再也不担心安尼先生的同学关系了，不乱掺和，不复杂化，简简单单，也就能开开心心，在这方面安尼先生比老梅厉害多了！

智慧小贴士 30

◇ 在处理孩子间的纠纷时，家长们最好别介入，孩子不求助，家长不出面，避免把简单的关系复杂化，形成公开对立。

梅想到

4. 误打出来的一生理想

安尼先生是那种一旦迷上某件事情就会全力以赴、不吃不睡，不见成果死不罢休的人，之前迷车，迷乐高，迷折纸……都是如此。

六岁的安尼先生开始忙一件事情——造曲，从开始时不经意的一次打错谱，到之后的模仿秀，再到后来更大规模的“创作”，直至现在，成为一名音乐学院作曲系的学生，他一直沉浸其中，乐此不疲。

“造曲”这件事情是这样开始的：

贾冰老师教安尼先生弹钢琴，每周半小时，以浏览和弹奏各种钢琴曲为主，也没有什么具体目标，老梅说："以哄安尼先生高兴为主，兼着陶冶点小情操，不用考级，不用作秀，怎么高兴怎么来。"

贾冰老师精通各种网络设备及软硬件，安尼先生之前也有台破电脑，是他表哥的淘汰品，基本不用。

贾冰老师建议安尼先生可以在电脑上装一套钢琴打谱软件，然后自己把要学的谱子打上去，比较容易记住。

于是安尼先生试着把要弹的曲子打出来，渐渐地上了瘾。打谱软件的好处是现场就能听声音。这以后，安尼先生打谱的时间要比练琴的时间多了许多。

打谱有时会出错，但出错的效果听上去似乎也不错。安尼先生将错就错，时常故意打错一段，然后让老梅来分辨一下哪里有问题。老梅虽然常听音乐，却并不认识五线谱，更别谈什么乐理了，于是很少判断出来，这让安尼先生很有成就感。之后便开始考贾老师，贾老师的成绩比老梅略好。

从改几个音节，到改一段变奏，然后是整段整段地改。

历经了差不多大半年的改谱、改变奏，2006年年初，安尼先生正式开始了他的"造曲"工程。

先是"造"一些相对简单的曲子，比如描述日常生活中某个快乐的小场景，排箫曲、小提琴和钢琴……2006年"十一"假期去南昌奶奶家，安尼先生进入了疯狂创作状态中，不到一周的时间，写了十来首曲子，《竹林深处》《摩天轮》《朝阳》……看见什么写什么。打谱软件现谱现奏，有几首曲子老梅听了还挺感动，如此这般，安尼先生开始了热火朝天地“创作”。

回到北京，老梅将安尼先生这个假期的作品装订成册，然后问安尼先生，要不要找一个专业的老师来教他。在老梅想来，作曲是一门高深的学问，配器、和声、各种乐理，似乎是个大工程，作曲系和医科一样，本科都是五年制。

安尼先生说暂时不用，有问题自己解决不了了再找老师。

老梅寻思着，安尼先生的创作必须找一个专业人士来表扬一下才能更有推动力。像老梅这种除了叫好什么都不懂，叫好也叫不到点子上的人，对他的能力提高产生不了真正的帮助和推动。

于是老梅把安尼先生的作品带到了办公室，请公司的另一位同事——毕业于沈阳音乐学院作曲系的高云老师帮忙——“专事表扬”。老梅对高老师说：“请给一些专业的表扬，另外，将作曲过程中比较明显的错误稍微提点一下。”

感谢高老师，她对安尼先生的每一首作品都做了点评，当然，以表扬为主，捎带有点小纠错。

这之后，安尼先生的创作热情便一发而不可收了。老梅不得不佩服这小子的专注和勤快，他自己去书店买了各种作曲专业的书来读，包括《和声学》《配器法》等，都是老梅一看就头皮发麻的大部头专著，他抱起来一读就是半天，听音乐、读书、写作……

就这样，“造曲”这件事开始了！

小贴士 智慧 31

◇ “造曲”这件事始于偶然，但想想也是必然，听得多了会情不自禁地自己开始操练，尔清在“造曲”的同时，更多的是在造梦。

◇ 能有一件热爱的事，把自己的生活和学习全部贯穿起来，真是太美好了！

梅想到

5. 熏陶的“熏”

老梅和古鲁都属于音乐爱好者，虽然不识五线谱，也没到“发烧”的程度，但是只要回到家里，总会放上几张 CD，听古典音乐。

安尼先生最开始是抗议的：“什么乒零乓啷的，闹死了。”那段时间他正迷恋抄字典呢。于是我们便把音量调低，但家里总有音乐在飘。渐渐地，安尼先生不再抗议了，而是会抢占一个“好位置”来一起听，然后一起讨论。

安尼先生开始学习乐器后，他便开始挑选他喜欢的曲子或是正在练习的曲子来听。

安尼先生听音乐必须有非常隆重的仪式感——手拿曲谱，正襟危坐。这个习惯坚持至今，拿着总谱听音乐。

这让安尼先生有足够的优越感——你们听得不专业！

听着听着，安尼先生也就着迷了。

家庭环境的熏陶是最初的启蒙，安尼先生热爱艺术的初始动力就来自这种自然而然的“熏”。有段时间里，安尼先生迷上了画画，这也完全是老梅带来的“传染病”，因为老梅那段时间里买了大量的画册，都是经典画家的作品集，老梅趴在那里看的时候安尼先生也会凑过来一起看，一人一本画册可以看上大半天。然后有一天安尼先生就对老梅说：“我想画油画！”

老梅问他：“要不要给你请个老师？”老梅的朋友圈里有不少画画的人呢。安尼先生说：“先不用了吧，你帮我买一本《怎样画油画》，然后把画油画的工具颜料买齐了就行。”

《怎样画油画》是一本很薄的小册子，安尼先生两天就看完了，然后拿了一本米罗的画册开始看，这一本画册他整整看了一周。看着看着就扔掉书开始画。

很长一段时间里，安尼先生就这样看画册，看画展，然后回来没日没夜地画，老梅有时也陪他一起画。老梅将他的画作精心装裱，并在家里客厅的墙上辟出了一大片作为安尼先生的画展区，让安尼先生很有成就感。每个来家里的客人都要参观一下“安尼画展”，认真讲评。评论家吴亮先生就对安尼先生的画特别惊讶：“这根本就不是什么儿童画呀，这哪里像是一个七八岁的孩子画的？”诸如此类的表扬让安尼先生画画的兴致越发高涨。

画画至今仍是安尼先生的爱好之一，到某个地方参观美术馆、看画家纪念馆依旧是他的兴趣之一。艺术是相通的，音乐、美术、文学……安尼先生在进入这些领域的起步阶段，都没有正式拜师，都是靠在家“熏”，靠自己磨炼开始的。

老梅相信，只要持久地“熏”，日子长了，自然就会为之陶醉。父母若真要培养自己孩子的艺术兴趣，不妨先从自己开始。放下手机，关掉电视，听听莫扎特、肖邦等。某一天，你听上瘾了，孩子们也会和你一起欣赏的。

智慧小贴士32

◇ 想让孩子做的事情，家长们不妨先热爱起来。所谓的“遗传”，更多的是家庭氛围的营造。关掉电视，放下手机，打开音响，音乐可以让你和孩子之间多一种共同语言。

梅想到

6. 制造一场“挫折”

安尼先生的学习始终贯穿着某种实用主义的原则，学习成绩之类的考量在他心目中是没有多大意义的，比如学琴要考级之类的事他照例要抵制，实在没办法了去应付一下，但考过考不过都无所谓，一点也不影响他的心情。

当初他积极学识字是因为实用，看书、戏弄人、买东西等都需要识字；数学对他也很重要，最起码有超市可以磨砺和使用算术；学音乐也很有趣，好歹算一门技术活；但学英语呢？在没有体会到学英语的作用时，安尼先生对英语的态度是懈怠的、勉强的。

有一次老梅去接安尼先生放学，顺便看了一眼班里的各种表格。这些表格其实是某种意义上的竞赛表格。背过一篇课文插一面小红旗，背过单词打个钩。老梅看那表格中其他同学基本都完成了，插旗的插旗，打钩的打钩，唯独王尔清同学的名下是一片空白。

老梅叫安尼先生来问："这是什么情况？"安尼先生嬉皮笑脸地说："天气热了嘛，给大家开个天窗凉快凉快。"

老梅心里有点别扭，安尼先生却是一副没心没肺的样子。

学英语这件事情是老梅的软肋，也算是一辈子的"痛"。老梅初一开始学英语时，正值"文革"，遇上一位半吊子的英语老师，一口怪腔怪调，让老梅反感，索性抵制。其实青春期里胡乱抵制，最后付出代价的一定是自己。

之后老梅的英语一直是勉强及格的水平。后来，开始做电影，做动画，国际合作的机会多得是，但是老梅再想学英语，已经是心有余而力不足了。

老梅不想让安尼先生重蹈自己的覆辙，想着用什么方法来告诉安尼先生学英语的重要性。老梅知道，安尼先生是不接受说教式的讲道理的，必须用事实来告诉他这件事情的重要性。

正好老梅当时在做一个动画项目，希望邀请《狮子王》的导演罗伯·明可夫来执导。罗伯·明可夫准备打造一个中国孩子的形象，他知道安尼先生，便提出让老梅邀请安尼先生和他的小伙伴一起来家里玩，他要观察他们在游戏中的形象、势态、习惯等，从而来修正他之前设计的中国小孩的形象。

于是，老梅便邀请了园子里几个和安尼先生差不多年龄的小孩来家里玩。安尼先生本来听说这位导演来家里玩还是挺高兴的，之前看过《狮子王》的动画片和音乐剧，邀请了小伙伴来家里，他有点嘚瑟，还摆出了一副小主人的架势。四个和安尼先生几乎同龄的小孩子中，有两个女孩都说着流利的英语，向导演提着各种问题。安尼先生也有一些问题要问，还有好多他自以为精辟的看法，但就是不会用英语表达，只见他一会儿用电子词典，一会儿翻书，等他终于找到了词语想说的时候，大家已经在讨论另一个问题了。

安尼先生急得上蹿下跳。别的孩子自己跟导演聊得很愉快，全然不顾他的“求助”，三四个小时下来，他这个“小主人”也没和导演搭上几句话。

众人都散了之后，安尼先生闷闷不乐了大半天，老梅想，这回是刺激到安尼先生了。

周一送他去学校的时候，老梅跟老师说：“你看吧，安尼先生这周就会把这些‘窗口’堵上的。”

老师不解地看着老梅，不太相信：“安尼先生受什么刺激了？”

到周五去接安尼先生时，再看墙上的那些表格，安尼先生的那些“天窗”都已经关上了。老师说：“真是奇怪，这小子主动找我把拖欠的作业全部补上了。”

老梅给老师说了周日的故事，老师说，看来还是得找到学习动力啊。安尼先生的习惯是只要利害讲清楚，他就会专注去做的。

之后安尼先生学英语果然就没有什么障碍了。几年之后，他甚至成了学语言的学霸。

智慧小贴士 33

◇ 学习动力系统的建立是一件颇有意思的事，热爱某一件事或许只是不经意间的一个眼神，经常是你磨破嘴皮子讲了半天道理，他却全然不理会；而他自己去看一眼，便可能从此难以自拔，就像有些穴位，点准了，便能立竿见影。

梅想到

7. 乐器？乐趣！

安尼先生迷上音乐之后，积极性空前高涨，只要是能出响动的东西，他都要试一试，练一练。

感谢贾冰老师的欢乐教育法，让安尼先生从来就没有讨厌过练琴这件事情。也许一开始大家都没有设定一个专业化的目标，学钢琴反而成为安尼先生浏览音乐作品的过程。老师、学生和家长都比较放松。一开始也会去考级，但安尼先生只是在考试前两周才突击一下，集中精力练一下那几首考级的曲子。考级前，贾冰老师会把他教的那些孩子召集起来，开一个小型音乐会。孩子们现场演奏之后，老师点评一下，安尼先生就这样稀里糊涂去考级，然后就过了七级，像玩儿似的报了一个八级的比赛，居然拿了北京赛区的一等奖。但这之后他就再也不愿意参加考级了，觉得走这种形式完全是浪费时间。

“我学得怎么样是我自己的事情。”他就这么坚持着。

小提琴依旧学，漂亮老师教得也很欢乐，老师经常拉着他参加各种活动。小提琴考到五级之后安尼先生也不考了，他说要把更多的时间用到创作上去，不要为这些形式主义的东西浪费时间。

小学二年级的时候，学校组织了管弦乐队。安尼先生最想学的乐器是小号，他喜欢那响亮的声音，但由于各种原因，他无法吹小号，只能选了单簧管。老师说“单簧管在乐队排第一排呢”，安尼先生哭过一鼻子之后才释然了些。

单簧管老师是解放军军乐团的一个胖小伙儿，安尼先生喜欢他。除了学校的例行功课外，他还在每周六加了一节单簧管课，据说他是乐队里最早能吹《欢乐颂》的，反正迷上一样东西，安尼先生就得玩到尽兴。在老师的威逼利诱下，他居然在两年时间里就考过了单簧管七级……

那段时间，安尼先生看贾冰老师的二胡拉得很棒，又闹着要学二胡，直到贾冰老师说二胡的指法容易和小提琴的指法混淆，弦乐还是要先学好小提琴时，他才恋恋不舍地放弃了二胡。

在乐队训练的时候安尼先生又轮番练着各种乐器，十岁之后，安尼先生每件新乐器到手之后，基本上半个小时内就能奏出曲来，他像一个小疯子似的操练着所有能发出声响的东西。

许多人对安尼先生学乐器这件事情表示费解，包括老梅自己，因为学琴练琴这些事情在老梅看来其实是蛮辛苦枯燥的事情，安尼先生怎么就能如此全力以赴呢?

观察安尼先生学琴、练琴的过程，老梅想大抵有这样几个原因吧：

因为听了太多音乐，充分领略了音乐的美妙，知道自己要去靠近一个什么样的目标。

还有就是因为练习的过程相对自由，保留了一个“自己的手感”空间，这种自己寻找到的“手感”容易产生快感，也就是他们口中常言的“爽”。

通过自己的努力获得成绩，能随时赢得赏识和表扬，快速获得一种成就感。

自从开始作曲，安尼先生也专注于研究各种乐器的功能、特点和技法。他说，这就像一个厨师，做菜之前必须把每一种原料的特性和原理弄明白，然后才能成为一个大厨，作曲家必须掌握所有乐器的特性。于是乎，家里的乐器种类也越来越多。之后，每到各地旅行，他也会踅摸一下当地的民间乐器，像博览群书一样地去熟悉各种乐器。进了初中之后，安尼先生又学习了次中音号和打击乐，次中音号他也一口气考过了七级……

就在这种“跟着感觉走”的练习过程中，安尼先生也找到了自己今后努力的方向和目标，学以致用加上掌声不断，安尼先生的音乐之路也就越来越快乐了!

小贴士 智慧 34

◇ 热爱是最好的老师，只要你专注地爱上一件事之后，一切都势如破竹了。

梅想到

8. 读书和上学不是一回事

某年的暑假，远嫁法国的一位朋友带着两个男孩来北京玩儿，两个男孩一个十四岁，一个九岁。老梅发现他们的行李箱里带了好多书，心想，每天白天玩得那么累，哪里有时间看书？两天读完一本四百五十页的书，太不现实了吧？

结果老梅发现，那两个男孩每次回来之后，差不多有三四个小时都在读书，大男孩的书不仅有法文书，还有德文书，据说这小子英文也不错。

和朋友聊天，她说一般法国的家长不是特别在乎孩子上学的成绩，但是会特别在意他有没有养成读书的习惯，因为只要养成读书的习惯，人生无论在何时何地，都能找到奋起直追的道路。热爱读书的孩子善于思考，这比单纯的考试成绩要重要得多。读书和上学不是一回事，细细想来，的确是这么回事。

还有一次，去英国看望嫁到巴斯附近的朋友，她也有两个孩子，一个四岁，一个两岁，夫妻俩把家里唯一的电视放阁楼上去了。家里全是书，不管大人孩子，只要有时间，就会抓过一本书来读。

读书习惯的养成是孩子一生真正的求知出发点。

像古鲁这种“文革”中上学只上到初中二年级的“文化水平不高”的人，因为酷爱读书而并没有就此中止学习，哲学、文学、艺术类书籍什么都读，在那个年代抓起身边一切能找到的文字来读，之后才有机会成了一位文学评论家，再之后成了一个文化商人，至今仍保留着再忙也得挤出时间读书的习惯。

老梅相信，爱读书的人是快乐的，运气也不会太差，但读书和上学并不是一回事。

安尼先生三岁开始抄字典的工程让他之后的读书历程有着一种非一般的奇异，他快速跳过了“儿童文学”的那个阶段，直奔经典而去。

安尼先生读书几乎是没有“禁区”的。进入小学之后，学校布置的阅读课程作业的量本来就很大，许多在人们看来是大学生才会阅读的书，他们一二年级就开始读了，连蒙带猜地啃完一本本大部头。安尼先生三年级的时候就开始读《鲁迅全集》，他对老梅说：“总看课本里有鲁迅的文章，有意思，但他还是面目模糊，像个爱发牢骚的怪老头儿，真实的鲁迅不应该是这样的吧？”

于是安尼先生每周去上课时，书包里便带上了一本《鲁迅全集》。

后来老梅想，安尼先生如此这般也有点“拗造型”的意思吧。老师看见安尼先生的书桌上放着一本厚厚的《鲁迅全集》也是要打个愣怔的。那段时间里，班里的大部分同学还都沉迷在《冒险小虎队》的故事里呢。

渐渐地，老梅发现了安尼先生读书的套路，他不像老梅那样随意乱读，抓到哪本是哪本，他的读书变得越来越有计划性，基本是根据自己目前的需求来读，这让老梅崇拜得五体投地，他可以自己读那些专业的理论书，什么《配器法》之类的，在老梅看来，那些书枯燥得令人发疯，他却读得津津有味。

在读文学作品时，他习惯把一个作家的作品贯串起来读，一读就是一套，从处女作一直读到最后的成名作、经典作。

这样读书的好处是可以对作家的一生有个全面的审视，但却不能太任性，因为一个作家一生的作品，经典的也就那几部，并不是篇篇都字字珠玑。但安尼先生认为，只读经典是一种业余的阅读方式，读全套才是专业的阅读方式。

安尼先生的读书方式是专注、集中和反复读，不管读什么书，安尼先生的手里都会夹一支笔，边读边做笔记。

一个作家的作品读下来，他对这个作家的成长和世界观以及在文学界的地位等都有了深入的了解，这是一种“求甚解”的读法，比老梅那种粗糙的“不求甚解”的读法要收获更多。

智慧小贴士 35

◇ 上学是阶段性的，读书是终生的。阅读是成长的梯子，随时可以帮助你去往自己想去的地方。

◇ 有计划地读书，读通，读透。

◇ 家人间相互推荐阅读，共同讨论，可以提高读书的乐趣和效率。

梅想到

9. 给他另一双眼睛

作为资深文艺女中年，老梅有段时间会随身带个相机，看见什么便随手拍下来。安尼先生五六岁之后，便经常“抢”老梅的相机。那个时候还没有智能手机，更不流行自拍。老梅仔细看安尼先生拍的那些东西，还是挺有意思的，于是索性给他一个数码卡片机，让他想怎么拍就怎么拍。

于是母子俩各自提溜着相机出去晃悠，有时是各拍各的，有时是共同选择一个拍摄对象，安尼先生喜欢拍建筑和各种花花草草，即使要求他拍人物，他也会只拍局部，一定要把人弄出一副面目全非的样子来才肯罢休。

随着拍摄量的增加，安尼先生的作品也越来越令老梅惊讶了。可能是因为身高不够，他的摄影作品中经常有桌椅腿脚，但却总能在这腿脚中有惊人的发现。安尼先生的抓拍功夫令人佩服，特别是他对光的处理。

因为都用的是相机自动功能，老梅甚至没有给他讲过什么摄影理论，全是他自己在摸索，但我们还是一起看了大量的摄影画册和摄影展。

他喜欢拍几何图形、各种建筑和小动物，在老梅眼里的一堆杂物，他却能拍得有棱有角，充满设计感。他不是特别关注整体，却总能抓住细节，然后找出其中的联系，老梅明白，他拍摄的东西更“活”，更有一种“生气”。

令老梅感到惊异的是，他通过相机对身边世界的发现。

有一回出去逛了小半天回来之后，安尼先生给老梅看了一大堆井盖的照片，老梅有点不太明白，为什么要拍这些几乎一样的井盖。安尼先生说：

“你仔细看看，有什么不同？”

老梅再仔细地看，好像没有太多的不同呀。安尼先生叹口气说：“唉，你仔细看看上面的字。”

老梅重新再看，才看出一丝不同，有的上面写着“污”，有的上面写着“雨”……

安尼先生说：“你没有发现我们的地下世界原来这么丰富，雨水的、煤气的、光纤什么的……”

安尼先生对自己的发现很得意，也让老梅略感羞愧，我们总是脚步匆匆，很少停下脚步来打量一下周遭的世界。

安尼先生直到初中才开始拜学校的一位老师专门学摄影，而且是专攻人像摄影，第一堂课后他就专门给摄影老师拍了一张，老师的评论只有两个字——“销魂”。

2010年，安尼先生跟老师同学一起去英国游学，其间他一口气拍了上千张照片，还是以风光为主，为此还专门做了一个摄影展：“不列颠的云”。

他一口气拍了那么多的云彩，高高低低，远远近近……

他拍的东西总是那么奇奇怪怪而生动有趣，总像是含着某种韵律在其中。要说起来，艺术本身也是相通的吧，文字、摄影、音乐、绘画……有时候真是一通百通。

老梅要说的是，给孩子们一架小小的相机，然后让他们独立地去看世界，也许会有不少的惊喜呢！

给孩子们另一双眼睛，他们会给我们呈现一个全新的世界！

智慧小贴士36

◇ 给孩子一架照相机或者摄像机，让他记录他眼中的世界。

◇ 经常互相评论一下你们的作品，看看他眼里的世界，鼓励他，表扬他。

◇ 在家里挂上几件孩子的摄影作品，引导每一位客人都表扬一下。

梅想到

10. “我爱巴托克！”

安尼先生爱上音乐这件事情变得越来越隆重，这是因为，安尼先生立志要像一位专业音乐工作者那样爱音乐，创作音乐，像老梅和古鲁这样的，连五线谱都不认识，虽然算是爱好者，但连业余的都算不上，只能说是“欣赏者”。

安尼先生早期的音乐和评论基本上也是“挑战式”的。

某天，古鲁先生听完了一段曲子说：“我不喜欢巴托克，太炫技了！”

安尼先生本来正在做别的事，听到古鲁的这声唠叨，立马冲过来问：“为什么炫技不好？我就喜欢巴托克！”

于是家里就有了莫扎特派和巴托克派，他问老梅是什么派，老梅说，我只听好听的音乐，不管什么派。老梅又问安尼先生：“你爱巴托克什么呢？”

在老梅看来，这个时候的安尼先生并不知道巴托克妙在何处，平素里他听巴托克的音乐也不多，只是因为古鲁不喜欢，安尼先生就一定要喜欢。当然，安尼先生很快就列出了自己的一堆理由，于是那段时间就变成了“巴托克时间”。

安尼先生找来了所有他能找到的巴托克的音乐和总谱，然后开始一遍遍地听，他先要为巴托克先生“平反”，把“炫技”这个词从贬义词变成褒义词。他用一套古鲁听起来太过专业的词语告诉古鲁，巴托克是现代音乐的开创者，巴托克的音乐有深厚的民族音乐基础，然后他又摆出一本巴托克的《匈牙利民歌研究会——试论匈牙利民曲调的体系化》。

老梅真是被他惊到了，2006 年秋天，一个八岁的小屁孩用一种充满专业理论术语和从容的架势给我们讲述巴托克对于现代音乐的意义。他听，他看，他查资料做笔记，只为了说明巴托克值得深爱。

虽然缘起是一种挑战式的，为了语出惊人，为了不同凡响，他沿着自己的结论倒推过去的途径是令老梅特别欣喜的。从一句抬杠一样的话语延展开来的是一场深入的研究和探索，渐渐地，他真的觉得巴托克好，他爱巴托克的理由也越来越丰富了……后来，古鲁也不得不承认，巴托克是大师。

巴托克先生的意义还不仅局限于此，他还让安尼先生看到了音乐创作的更多方式和途径、更多的灵感来源。

安尼先生开始研究各个音乐家的创作特色和灵感来源，开始看许多音乐家传记和音乐研究的专题片，开始更广泛地吸收各种各样的音乐元素，不是只有古典，而是所有的音乐，不管是“高雅”还是“低俗”，他都开始用心地去琢磨。

自从迷上巴托克之后，安尼先生的创作似乎也进入了“井喷”状态，他经常做着一件什么事情便大喊一声：“我脑子里又有一串乐符在跳了，我得把它写下来！”

这样的场景让老梅很是感动，那个时候，老梅觉得不是安尼在写，而是上帝把着安尼的手在写，那些音乐真是太美了，带着一种孩子对这个世界的清澈向往，这个时候安尼先生和老梅都很幸福。

安尼先生爱巴托克，之后还爱穆索尔斯基、约翰·凯奇、斯克里亚宾……还有很多鲜为人知的作曲家，他认真地发现他们音乐中的奇妙和独特之处，用自己的眼睛和耳朵去倾听那些镶在岁月年轮里的音乐，用自己的独到理解来向大家重新推荐这些音乐家。

有一次，安尼先生用一种很正式的口吻对老梅说：“我觉得你还是很不错的，你不像别的家长那样强迫我去做那些我不喜欢的事，你也不强迫我一定要喜欢谁，我觉得你还是挺了不起的，我也挺幸福的。”

这番话太像台词了，听得老梅的眼泪都快要掉下来了。老梅想，孩子都是上帝的天使，他们比成人更知道世界的本义，大多数时间里，听孩子的声音来得更准确和直接，因为那是天籁。

安尼先生的音乐情结让他变得跟一般小孩不太一样了，但是，除了音乐之外，他还是个孩子。有爱好的孩子是幸福的，家长也可以分享他的幸福，他在构造一个自己的世界，但愿每位家长都能尊重和理解孩子的世界。

智慧小贴士 37

◇ 让孩子为自己的理论辩护，其实是引导他独立思考的开端。

◇ 父母不必高居在权威的位置上，要经得起孩子的挑战和质疑，然后和孩子一起成长。

梅想到

11. 成绩单≠成绩

安尼先生进小学之后的学习一直处于平稳的中间状态，每次考试完之后，等着安尼先生来给老梅汇报成绩，他一般总是从最差的那门开始，数学 93 分，然后专注地看着老梅的反应。

老梅一般都会说：“不错，还有呢？”

安尼先生会略感失望，因为一般同学的家长都会说，怎么这么低？排第几名?

要是老梅也这么回答的话，安尼先生就可以笑老梅是个只会看数字的势利鬼了，可是老梅从来不这样说。

其他成绩也就是 94 分或者 95 分，反正很少满分。

没有满分，大抵是因为粗心，来不及细看或是懒得细看。

在老梅看来，小学阶段的孩子，家长更应该关心他学习时的状态，是否可以轻松地理解老师讲的内容，是否可以举一反三自如地运用这些知识。

假如学习有问题，是老师的问题还是学生的问题？会讲课的老师是稀缺资源，不是每个孩子都可以那么幸运地撞到的。

所以，在确定孩子学得轻松、没有理解障碍的同时，大可不必为了几分几厘去斤斤计较。老梅欣赏的是那种学习时专注、考试时认真，然后考试之后能把成绩单忘掉的人，小学的一分两分对未来真的没有什么意义。但小学时的学习态度、状态和处事方式都是会对人一生产生影响的。

对于分数这件事，考量的更多的是家长的心态，学习的状态比具体的分数更重要，只要学习热情在，就是一种“留得青山在”。放开分数，其实更多的是放开家长们的虚荣心，更多感同身受地去体会并鼓励孩子的学习热情吧。

老梅最烦那句“别让孩子输在起跑线上”的口号，人生没有那么公平的起跑线，从你投胎时起，就无从选择。还是回到孩子本身，多关注他的心灵和身体，不盲目攀比最好。孩子们都不挑剔你作为他的父母，你干吗为那几分急火攻心，上蹿下跳？

智慧小贴士 38

◇ 对于分数这件事，放松，放松，放松。

◇ 分数并不能说明太多问题。比起这些分数，老梅还有更在意的东西，比如品性，阅读量，有没有自己喜欢的事情。换句话说，分数这条线，根本算不得什么起跑线。

梅想到

12. 作文，多大点事儿

曾经有一位依据笔迹判断心理素质和合适职业的朋友，判定老梅此生最适合的职业应该是中小学的校长。但是老梅的父亲袁先生曾经反对老梅当老师，因为当老师需要自敛，需要宽容，需要淡定，袁先生觉得少年时的老梅太过血性和刚强，缺乏应有的包容和柔性……

许多年之后老梅觉得，作为一个母亲和作为一个老师一样需要这些品性，于是在当了母亲之后，便开始逐渐地修正自己。多年之后，老梅觉得，自己此生遇见的最好的老师是自己的父亲。

袁先生是个文学爱好者。在那个年代，因为家庭出身，无法完成大学梦，只是一名会计，但老梅最早开始的文学启蒙来自他，来自半本《古文观止》。

在那个荒凉和饥饿的年代里，爱好文学还是蛮幸运的一件事情，可以重筑一个属于自己的精神家园，有一个文学爱好者的父亲就更是万分幸运了。

所有的这一切，都构成了老梅对于“语文课”的理解，在历经了十五年的语文教育之后，老梅有了自己最理想的学习模式：口头表达 + 广泛阅读 + 经典的深度阅读。

现在的作文课常是孩子们害怕的，其实只需要想着平时怎么说话，就能怎么写作。怎么想就怎么说，怎么说就怎么写。

初始的作文训练其实是口语训练，给孩子们一个在日常生活中充分表达自己的机会。广泛的讨论甚至争议，都是提高表达能力和思维能力的好方式。一般来说，那些“话痨”的孩子写作能力都不会差，只是要注意培养其逻辑性和条理性。

还有一个作文的准备工作是词汇量，阅读的数量决定了作文的丰富性。

古鲁、老梅在安尼先生小时候经常玩的游戏是串词，谁串不下去准输，先提出一个字“线”，然后就一个一个往下串——路线、中线、毛线、绒线、线圈、线描、光线、线条、战线、视线、航线、阵线、斜线……

一般由安尼先生出题，大家一起串，搞不清楚的词语由老梅来解释一下，这和当初安尼先生抄字典的行为异曲同工。这种词语的训练让安尼先生渐渐地成了一个小“话痨”。

自安尼先生上小学以来，老梅就对语文课的上法有颇多意见。活生生把一篇文章解剖，段落大意、中心思想……绝妙的文章经过语文老师一解剖，立马尸横遍野。中文本是讲究微妙和意境的，许多地方只需要多读几遍便会有心得体会，非得一句一句拆得七零八落，个中滋味全然丧失。

老梅总是想，我们的语文老师上课其实不必那么辛苦，可以用两种办法上课：第一种，让孩子们自己学一篇文章，把不懂的字词提出来，老师讲解一下，然后让孩子们写一篇文章，仿作也行，读后感也行，随便写；第二种，让学生们把文章排练成戏剧，欢欢乐乐地就学了。

甚至还可以把课堂搬到大自然中去，让孩子们在自然中直接观察并写作。那该有多好！

安尼先生的语文和作文成绩一直还不错，老梅时常能发现他写在课本或者练习册上的打油诗或即兴点评。想起安尼先生那一班的同学，厉害得很，有人二年级便开始啃《三国演义》，和老师辩论时能把老师辩哭，个个才高八斗的样子，老梅一直相信，能言善辩口才好的孩子作文是差不到哪里去的。

安尼先生的阅读热情始终高涨，之后开始的音乐创作其实也是一种写作，只是呈现的表达方式不同而已。

观察安尼他们的写作课，少了一个重要的环节——“修改”，没有一个认真的反复修改的过程。老师们批一个分数就过去了，最多也就是在学校广播站把优秀作文挑出来读一下，但很少静下心来修改。老师的批注和孩子的修改，其实是让孩子们主动去琢磨“语感”、寻找“文气”的过程。

“我手写我心”，写作文真的不是一件什么大不了的事情。

智慧小贴士39

◇ 作文这件事没啥窍门，多读、多写、多修改。

◇ 老梅觉得更应重视的是孩子的表达能力、沟通能力、词汇量、阅读面……

梅想到

13. 发烧：从兵荒马乱到处之泰然

多年以后，杨师傅只要一进入回忆模式就会说起从前，老梅一出生没多久就得了“百日咳”，然后抽母血救命的事情，老梅听了很是惭愧，一出娘胎就给杨师傅和家人添麻烦。平日里也见了不少“一个孩子生病，全家进入紧急状态”的情景，老梅寻思着，以后自己的孩子一定要以健康为头等要务，为此早早地准备了各类育儿书籍来看，但看着看着就乱了，只好放下书本，自己理出一套行动规范来。

安尼先生出生第一天，因为老梅的糖尿病，不得不让他在观察室里待一天。还好，他们交回来一个健健康康的孩子。大夫对老梅说，把心放回肚子里去，新生儿只要坚持母乳喂养，两岁之前，基本都不会有什么毛病。

安尼先生果然很配合，前两年，除了打各种疫苗，基本上都平安度过了。

两岁刚一过，安尼先生头一次发烧了，老梅的第一个反应是去医院。

第一次到儿童医院，人山人海。好不容易看上大夫，却没问几句话就让去打点滴，缴费、取药都成了一种战争。

老梅看着怀里这小小的人，又看看输液用的这粗粗的针头，想想实在不忍心，还是抱着他回家了。

安尼先生烧得脸颊飞红，老梅想想，还是用最简单的物理方法降温吧，冷毛巾敷，大量喝水，还有就是守在他身边。老梅煮了一锅生姜水，让安尼先生泡脚，出了几身汗之后，安尼先生就又变得生龙活虎了。

这次看病经历是老梅和安尼先生唯一的“儿童医院历险记”。经历了这一次之后，对于孩子感冒发烧这样的事，老梅便淡定了许多。而且，老梅之后的反复实验证明，感冒这事，吃药治疗差不多一星期，自我调整也是一星期。对于孩子，尽量不要去打点滴，过量、过度治疗反而会为孩子一生的健康埋下“雷”。

老梅为此还专门请教了几位儿科专家，他们建议，一般的感冒发烧还是慎用抗生素，尽量用物理方式来降温。当然，对于一些不明缘由的病，还是要尽早上医院检查。对偶染风寒或者各种小毛病，要相信人体的自我修复功能，能用物理方法解决的尽量不要用药。

之后的安尼先生也慢慢适应了这种方式。有时感觉鼻子不通或者打喷嚏时就会对老梅说，你赶紧烧壶水让我泡泡脚吧，我出一身汗就舒服了。

总结起来，安尼先生有限的几次进医院。一次是咽炎，说不出话来了，在学校让老师送进了医院。还有一次不小心用剪刀剪伤了自己，还有……好像没有了。

反正老梅主张：相信孩子，相信生命力足够强大！

智慧小贴士 40

◇ 相信孩子的自我治愈能力，尽量少用药，少去医院（当然这是指平时的头疼脑热的小毛病）。孩子内在的力量总是能出乎你的意料的，相信自己，相信孩子。

梅想到

14. 磨蹭是病吗？

老梅小时候上学时，习惯先做完功课再去玩。暑假还没开始，便三下五除二地把作业全做完了，然后撒欢尽情玩。虽然那会儿作业不多，但老梅写作业从来不需要杨师傅敦促，还总有一种“作业不够做”的感觉。

到了安尼先生上学时，他的逻辑和老梅完全相反，什么事情都要压到最后一刻才去做。他的磨蹭和拖拉，让一向喜欢干净利索的老梅很不爽，恨不得动手去替他把作业做了。现在想起来，他上小学的前两年，每个周末，老梅的心都是崩溃的。

刚开始，老梅和安尼先生商量：“能不能先做完作业再玩？”

安尼先生一口回绝：“不能！”

老梅于是苦口婆心地讲道理，诸如做完了功课就可以更加尽兴地玩，没有负担……

安尼先生说：“那是你的逻辑，我的功课我知道，你就别瞎操心了。”

想想是啊，我瞎操什么心呢？

话是这么说，可心里就是放不下，老梅总担心安尼先生的作业完不成，回学校挨批！

还好，老梅突然意识到了一个问题——老梅有老梅做事的节奏，安尼先生有安尼先生做事的节奏，为什么一定要他按照老梅的节奏来行事？

其实，老梅和安尼先生的节奏一直有差异，从小到大一路催促一路抱怨，小摩擦从未间断过，做作业这件事，又一次把所有的问题都带出来了。

有一天听到一首德国儿歌，是一个妈妈早上催促孩子起床去上学。想来全世界的妈妈都有同一个愿望——你快点儿吧！

早上起床起不来，要迟到了！

赶紧吃饭啊，饭菜要凉啦！

赶紧出门啊，演出要迟到了！

赶紧……

每天就这么不住地催促着，催着催着，孩子便长大了，你也老了。

老梅回头想，可以不催促吗，可以不着急吗，慢慢来！ 可不可以调整到一个相互都比较舒服的节奏，我不催，你不拖！

于是，老梅先跟安尼先生确定哪些事情有“时间性”，需要确保准时，比如看演出，准时交作业，赶火车，赶航班……这些事情有个倒计时，出了问题有处罚！

有些事可以按安尼先生的节奏，比如周日早上几点起床，遛弯时爱看啥看啥，吃饭过点不候，饿了自我解决……

老梅渐渐想明白了，成长是安尼先生自己的事情，是一个漫长的过程，没有什么需要猴儿急的。慢慢来，让孩子从容地看山观水，从容地成长。

家长们总是爱自我承担起太多的责任，上下左右地督促孩子的成长“速度”，生怕落下什么。那句“别让孩子输在起跑线上”的口号更是让家长们急火攻心，只怕自己的孩子落后了，最后成为一个人生输家。

家长们需要定定神，败败火，让自己慢下来，仔细地领略孩子们的成长。

有一天上午，安尼先生和老师约好了去上作曲课，9 点出发。但是安尼先生一早起来就开始听一段音乐，到了 8 点 40 分还一动不动地坐在那里听。

老梅急了，忍不住催促他，安尼先生淡定地说：“等我听完这一曲。”

老梅在一旁忍不住无名火上蹿，但是一转念，孩子学音乐为了什么？不就是为了快乐地享受音乐吗？现在他听音乐的样子那么幸福，那么专注，这不正是老梅想要的吗？为了那几分钟，有什么好着急的呢？

于是老梅便释然地走开了。

到了8点50分，安尼先生听完音乐，站起身来去刷牙、洗脸、换衣服，然后对老梅说："我们走吧！"

原来人家心中早有计划，我们根本不用"皇帝不急太监急"。

在老梅看来，"磨蹭"其实只是节奏的"不合拍"，彼此充分尊重，相互沟通，然后建立起规则，才能愉快地玩耍，愉快地生活。

智慧小贴士 41

◇ 让孩子按照自己的节奏制定时间表，然后严格地执行。

◇ 别让唠叨成为常态，那样只会让你的敦促越来越没有效果。

◇ 跟着孩子的感觉走，不着急，不着急，不着急！

梅想到

15. 旅行的意义

关于带孩子出去旅行这件事情的意义，老梅最初并没有多想，只是因为自己喜欢旅行，便也喜欢那种带着孩子一起走的"移动的家"的感觉，欢乐！

走着走着，老梅从最初的无意识到后来的有意识，觉得旅行的意义变得越来越直接和重大。

安尼先生最初的旅行是“回老家”，因为古鲁是江西南昌人，老梅是江苏常州人，逢年过节回去看爷爷奶奶、外公外婆就成了必不可少的功课，于是每到一地看看各地风土人情也就成了顺其自然的事。看着看着，安尼先生也把各地的历史人文浏览了一遍，边看边问边学，旅行便成了最好的课堂。

其实之前老梅也想过，有些知识是不必在课堂上学的，比如地理、历史，还有许多的艺术课。每到一个地方去参观当地的博物馆、美术馆，还有各种历史遗迹和景观，轻轻松松地就学到位了，免了死记硬背，免了张冠李戴，还更加直观、生动，也让人更加印象深刻。

安尼先生不到两岁就开始旅行，主要是在国内飞，南昌、常州、上海、广州、青岛……之后是满世界飞，从六岁开始，安尼先生就开始了他的全球旅行，日本、奥地利、新西兰、斐济、挪威……开始是老梅选择目的地，现在的选择权已经交给了安尼先生。

最初旅行时大人们总在说：“孩子太小了，什么都记不住。”“太小的孩子出门，安全是个问题，会有各种不适应。”……但是，在老梅看来，这些都是无稽之谈。

老梅一直以来的观点是相信孩子，不管多大的孩子，你的每一点努力都可以在他身上呈现出来。小孩子对一个地方的印象，可能他当时无法和你交流，但是其作用是会渐渐地显现出来的。一个地方的风土人情，对于灵敏的孩子来说，是会铭记在心的。

至于安全问题，一个从小历经过各种旅途的孩子比那些一出家门两眼一抹黑的孩子来说，安全意识真不知要高到哪里去了。最起码见多识广。

旅行的意义之一就是贴近自然，自然是一个天然的大讲堂。在南昌，去一次滕王阁，顺便就想起了《滕王阁序》，然后顺带着把初唐的历史也讲一遍；再看一看滕王阁的地理位置，还有当时王勃走过的那一路风景。“物华天宝，人杰地灵……”然后就近上庐山，看一下“日照香炉生紫烟”，还有“横看成岭侧成峰……”看看从前那些诗人的灵感来源，说不定孩子们自己也想吟诗了呢。从庐山上下来，安尼先生就写了《竹林深处》《朝阳》等一组曲子。直到现在，旅行也是安尼先生的灵感来源之一。获得“百川奖”比赛第一名的曲子《沉没的天堂》就是他在一次旅行之后的创作。

之前学地理的时候，安尼先生对国际日期变更线这件事总是弄不明白，但是到了美国，一算时差，才发现时差这事根本就不用死记。记得有一次在美国大都会博物馆，看那里正在举行的中国彝族文化展览，举办方召集了一群美国孩子在那里学编织，用各种颜色的线编织成一种最具代表性的民族图案，孩子们一下子就记住了这个民族的生活、热爱的颜色，以及相关的图腾记忆。

旅行的意义之二在于对多元文化的领略和理解，有利于孩子形成一种比较包容的心态。在国内走的时候可以感觉到不同的方言、不同的表述方式和生活习惯，之后再感受各民族之间的差异以及他们的宗教信仰，学会尊重差异，尊重他人。所谓的“见多识广”，所谓的“读万卷书，行万里路”，就是指在这行路的过程中扩大心胸。

旅行的意义之三在于旅行是提高孩子生活能力的一个训练营，因为在一个相对简单的环境中，要自己去处理很多事，比如及时收拾自己的行装。还有，旅行中必须守时，集体出游中的团队其他人不会等迟到的你，航班也不会等你，你必须学会自然调适自己，一连串的行为最后确认你是否是个受欢迎的人。

此外，旅行中可能出现的各种突发事件，也会提升一个人的行动能力和应变能力。处乱不惊的前提还是要见多识广，在这个过程中，能让孩子学会生活的常识和基础。

目前旅行的方式也更加多元了，各种自助游需要做足功课，这也是给孩子上的最好的一门功课，让他学会用现代的方式去处理各种旅行中的问题，这也是对孩子综合能力的一种演练，成绩怎样，立竿见影。

旅行的好处多多，一家人在一起欢乐度过，真是一件十分美妙的事情。之前有一个流行的话题，说要考量一个人的品性，最好是和他一起去旅行。旅行是提升孩子的综合能力、及时修正其各种小毛病的好途径！

智慧小贴士 42

◇ 让孩子们来主持一场旅行，确定目的地，搜集旅行攻略，还有制定计划时间表、行动路线，让孩子们成为旅行中的小领队，试一下吧，会让你喜出望外的。

梅想到

16. “时间都去哪儿了？”

老梅小时候，特别羡慕那些家里有姐妹的同学。看着她们勾肩搭背地玩各种游戏，真是欢乐。老梅要找玩伴，总是去那些姐妹成群的好友家，跟她们各种打闹嬉戏，说悄悄话。

老梅有两个哥哥，不太爱带老梅玩。他们两个都属于“乖孩子”，不像老梅这样表面乖巧，实则是个热爱胡闹的“疯丫头”。但是比起现在的独苗们，还是比较开心的，不会那么孤独。孩子的童年需要陪伴，在老梅看来，陪伴这件事情是件“不可逆”的要紧事，过了这个村儿就没有这个店儿了。在孩子七八岁前都必须尽量陪伴，七八岁之后，他渐渐找到了自己的乐趣和伙伴，也就没有太多时间搭理你了。

安尼先生七八岁之后，完全沉浸在自己的音乐世界里，已经基本无视老梅“求关怀”的表情了。老梅说：“安尼先生，你该休息一会儿了，陪我玩一会儿吧！”安尼先生经常一脸不屑：“人家正在工作呢，你赶紧去干点正经事。”

要是发现老梅在玩游戏，安尼先生就更加鄙视了：“唉，又在虚度光阴了。”

如此这般，真是光阴追人，时光易老，在孩子们的童年里，尽量陪伴，要不没有后悔药可吃，也没有时光可弥补了。

安尼先生进小学之后，老梅为他选了一位陪伴老师——北师大的大二学生玉洁。对安尼先生的各种学习问题，她还相对能应对。老梅做小学生的题目，及格率很低，时常让安尼先生质疑我的大学文凭是怎么来的。

玉洁是个不到二十岁的年轻女孩，对于教育这样的事有不少新招数和思路。两个相差十五岁的小伙伴玩得很是开心。安尼先生常说：“咱们是互相帮助，你教我语文，我教你音乐。”安尼先生经常提前备课，给玉洁老师上音乐启蒙课，哆咪咪发地讲起来。

玉洁陪安尼的首要任务是盯他的作业，这类事情老梅的智商绝对不够，经常看着看着就对自己恼羞成怒了。他的这个专业的事情也只能请更加专业的人来完成了。至于老梅的专门陪伴的时间中，主要陪吃，陪睡，陪看，陪写，陪聊天。在这段时间里，老梅更多地作为一个被教育者，一些时间是回答安尼先生的问题，有些能回答，有些不能回答，就一起和安尼先生找答案。

在陪伴的过程中，老梅会把有趣的事情记下来，把好玩的场景拍下来，积少成多，写成了两本关于安尼先生的书。记录下孩子成长的点滴，然后整理好，作为他成长的实证和纪念，也算是你尽心尽力和孩子成长的一本“功劳簿”吧。

陪伴孩子共同成长，他未来的路还得靠自己走，但最初的这段人生路，一段温暖的陪伴，会是一生的阳光。

智慧小贴士 43

◇ 一个小建议：每年在孩子的某个成长时间点上，设十个固定的问题让他回答，然后记录下来，孩子每年的回答都会不同，把每年的回答整理留存，也是一桩极有意义的事。那些问题包括：将来想要干什么？最喜欢谁？将来会娶（嫁）一个什么样的人？……

◇ 每年的同一天，录一段五分钟的孩子的视频，他成长的轨迹就会渐渐呈现出来。

梅想到

17. 尽量尝试

从小到大，每个孩子都写过无数篇《我的理想》一类的作文，早先的各种人生设计，从消防员到科学家，从老板到捡破烂儿…… 我的一位作家朋友的女儿，十岁时写了一篇想当收破烂儿的理想的作文，结果家长让老师训了两个小时…… 林林总总，大了之后，似乎当初的那些“梦”全没了。

安尼先生有点特殊，十岁之前有过各种理想，从水泥搅拌车司机、玩具店老板到超市收银员、画家……十岁之后就基本打定主意当音乐家了。

曾经有人问老梅，要是时光倒流，重新开始读书的话，老梅会想补上哪些课。老梅毫不迟疑地回答：英语、美术和游泳。

美术是老梅一生的挚爱，但在老梅的童年时并未遇上一个合适的美术老师，在那个荒凉的年代，哪曾见过什么“美”？更别谈什么“术”了！

游泳这事，各种遗憾，这几年，每到一个漂亮的度假地，都会自我惭愧一下。这些事情对于童年的老梅，甚至连尝试一下的机会都没有。

好吧，老梅当了妈之后，决心要让安尼先生去尝试一切他所愿意去尝试的爱好，然后在以后的生活中逐渐将自己的那些“遗憾”找补回来。

鼓励孩子去尝试多样的爱好，除了老梅的童年“情结”，也是因为老梅发现，在心智的成长和事业发展的过程中，所涉及的知识和经验联袂，是像乐高玩具一样的模块组合。

安尼先生从小到大的爱好还是历经了不少的，两岁起学习轮滑，三岁多开始学游泳，还有钢琴、单簧管，之后逐渐把兴趣集中到了音乐上，本没有想那么快地投入到专业中，但是初中之后围绕中考进行的学习越来越功利化，于是便把专业化的进程提前了。老梅无从判断这是幸运还是遗憾。

之前总听家长们抱怨自己的孩子对各种爱好“始乱终弃”，抱怨孩子的学习没有“耐性和长性”，但在老梅看来，能更多地学习、更多地尝试本是件好事，经历过了总比没有阅历要好，要允许孩子去试。更何况你平时买件东西都得试用，作为爱好的话更需要大家一起去感觉。

我们现在的“爱好”基本上是以家长们的选择为主，孩子很少有主动权，这本来就是一件不公平的事，孩子们为什么要热爱你的热爱？建议家长们在为孩子选择爱好时，能多听听孩子们的意见，还要多多了解授课老师的情况，找到一个好老师就是推开一扇能看见美景的门，让孩子们自己去感受。安尼先生有幸在他初入音乐之门时，就遇到像贾冰老师、高云老师这样尊重孩子天性的老师。

尽量尝试，丰富各种体验，在有条件的情况下，尽可能多地去增长阅历。这种影响可能在应试教育下没有太多的实际利益，但就其一生来说，你不知道什么时候，这颗种子就会开出娇艳的花来。

智慧小贴士 44

◇ 尽可能地尝试与领略各种文化和美好，见多识广，你不知道哪块云彩会下雨，也不知道哪几个模块的组合能产生巨大的光合作用。

梅想到

18. 再见了，童年！

转眼间，十一岁的安尼先生就要小学毕业了！2009年，老梅总结了一下安尼先生的小学生活。

安尼先生的小学生活整体是愉悦的，学业的压力不大，倒是利用各种间歇读了不少书，从《冒险小虎队》《鲁迅全集》到《东周列国》，各式各类的，由此阅读的习惯逐渐养成。阅读的直接作用是可以让孩子们安静下来，可以学会自己思考一些问题。要算起来，安尼先生的阅读量可真是壮观，每周两三本书，五年下来，也真是惊人。

最重要的事情当然是迷上音乐，早早地确立了自己的人生目标，从此很多事情都是围绕着音乐这个主题来进行的。早早地确立了人生目标，对于今后的学习指出了方向，这件事情各有利弊，好处是学习的针对性更强，坏处是可能会放弃很多其他方面的知识的学习，但是，管他呢，那些其他方面的知识到底多少是有趣有益的？这一点其实也让安尼先生的初中生活充满了悬念。

在小学阶段，安尼先生学习了钢琴、小提琴和单簧管，各自考取了不同的等级。这些音乐课程的学习对安尼先生来说是轻松而愉悦的，还有很多乐器无师自通，由着兴趣的指引，安尼先生越来越深地进入到音乐的核心地带。

小学的文化课学习也没有太多的问题，学习起来也是兴致勃勃的，这也许要归结为全程超越的教育理念比起其他的教育体系来更加人性和科学。

6—11岁，学校培养的孩子们的“教养”似乎更加重要，所有生活中的礼貌、习性和教养也是在这个时候建立起来的。安尼先生从两岁进入金色摇篮幼儿园，到十一岁从金色摇篮全程超越学校毕业。整整九年，其中八年的寄宿学校生活，培养起了自己的一整套价值体系、生活习性和学习的方式：专注，专心，乐于学习，善于思考，这些习惯的养成，都是可以让他受益终身的，比单纯的学习成绩更加重要。这些习性和习惯，可以让他今后的学习和生活变得更加愉悦和专注。

相比较而言，安尼先生对生活本身的要求还是很简单的，对周边的物质生活几乎没有任何要求，吃饱喝足穿暖就行，一身校服可以走遍春夏秋冬，因为他衡量世界有了自己的标准——知识是否丰富，笑容是否真诚……

安尼先生几乎是以全优的成绩毕业的。毕业典礼后去接他，发现全班同学都红着眼睛，许多孩子在哭，他们知道他们已经告别了童年，进入少年时代了，也许以后的学业路上不再这样轻松快乐了。还有，同学们都要进入不同的中学，就此分别了。这种分别，是人生的第一次，共同生活五年之后，这群一直寄宿的孩子也就各奔前程去了。

回家的路上安尼先生黯然了一会儿，然后就开始说他们在学校广播站的搞笑告别词：“母校，这辈子就是化成了鬼我们也会回来看你的！”“母校，你永远活在我们的心中！”

智慧小贴士 45

◇ 小学是人生的启蒙阶段，也是人的基本性格形成的时期，真幸运，王尔清先生在这个时期找到了自己一生所爱的事业，因为在一个相对宽松的学校，王尔清先生较为平静地度过了自己的最初的学校生活，真正的考验还在后面呢。

梅想到

第四章
青春期

不被分数绑架，坚守理想和专注，理解并信任孩子，帮助孩子共同抵御压力。坦然接受学业和生活的变化，专注是最好的“压力转换器”。

1. 选个初中不容易

因为小学五年制，所以尔清的许多同学从四年级下学期就开始考虑初中去哪里读了。

老梅好奇地问那些家长，为什么这么早就开始操心这件事，不是还有一年多的时间吗？家长们说，一些好的学校都是提前一年招新生进一个培训班，然后上大半年的课之后再考试确定最终人选。

于是王尔清先生进什么样的初中便也在老梅的考察之中了。要是排名次，家长们手里早就握了一份名单，人大附中、北京四中等一系列。有的家长说，你知道吗，现在选中学是最难的，比高考还要难，高考有明确的分数在那里，还算公平；初中完全是市场化的，一所著名中学的校长的权力，可比清华校长的权力还大……还有要出国的，自然奔着国际学校去。于是老梅问尔清，是否考虑进中央音乐学院附中一类的专业学校，尔清说，还是先多学一点文化课吧。

老梅又和古鲁商量，咱们也就不要奔那些所谓的“名校”去了，尔清同学对当学霸并无兴趣，要不还是选个“外语学校”？尔清同学对这个选择表示同意。

于是老梅开始去听各个学校的招生会，每个招生会上都是人山人海，据说都有好几千人报名，校长们风格不一，但一上台介绍学校，都是忍不住地霸气外露。老梅去听了一所学校的招生会，一位女校长，自我介绍她是清华毕业，从教三十年了，然后开始说学校有几类学生不收，还有几十道校规需要遵守。校长说，每年报他们学校的有好几千人，但他们只能收六百人左右，现在是他们在选学生，然后指着家长席上一位正在打电话的家长吼道："你给我出去！"

现场一下子变得特别安静，校长接着说："我们学校的第一条规定就是不收父母离异的学生，作为父母连自己的家庭问题都处理不好，怎么可能教育好自己的子女……"老梅一听脑袋都大了。这之后校长又开始说校规：男生只准留板寸，女生不准烫发染发，不准穿二百五十元以上的鞋，每双鞋必须留有购买发票……

老梅越听越发怵，这哪里是学校，分明是集中营啊，老梅怎么可能让尔清来这样的学校受罪……老梅于是悄悄地起身离开了。

之后，老梅又参加了几所中学的招生会，也参观了一些学校，这些学校的硬件真是很硬，但是，那些校长陈述的校园文化和培养目标，都令老梅胆战心惊，开始总会有一堆数字，去年有多少人考进了清华北大……

看了这么多学校，老梅真是越来越害怕了。正在这时，尔清告诉老梅，他想去参加 HD 外国语学校的入学考试。老梅问他为什么要选这个学校，这是一所成立没多久的新学校，尔清说："这个学校有一百间琴房，在那里可以每天练琴；那里还有管乐团，请的都是解放军军乐团的老师；还有，他们每年还有两个月的国外游学课程……"老梅一下子觉得肩头的担子一轻，立马同意了，然后尔清就开始准备参加入学考试。

参加考试的那天，依旧是人山人海，据说之前已经进行了三批考试，每次都是一千多人，初一计划招十个班，每班四十人，也就是说，这里依旧是百分之十的录取率。借着尔清去考试的时间，老梅听了一段校长的介绍，还参观了一下校园。校长的介绍依旧是各种报数字，但在老梅看来已经不那么难受了，心想，反正是尔清选定的，也就这样吧，一切都还不算坏。

这样的考试安尼先生轻松考过，一个月后就收到了录取通知。一个暑假，他都痛痛快快地玩他的音乐。8 月底开学前又进行了一场分班考试，老梅和尔清商量后决定还是进一个出国的普通班，但这场考试后，两个多月没看书的尔清居然考了全校第三十三名，被分进了出国实验班。老梅和老师商量，能否让尔清调到出国普通班，老师用奇怪的表情看着老梅：多少人挤爆了头想进实验班，你们倒好，考上了还不想上。尔清看着老师的表情说："没事，在哪里上不是上？"

于是尔清就成了这个实验班里的一员，三年的初中生活也就奇怪地开始了。

智慧小贴士 46

◇ 学区房是流行话题，小升初的难度甚至超过了考大学。选学校是件麻烦事，不自己走一回根本不明白其中的门道。选一所孩子自己喜欢并且也能考得上的学校不是件容易的事，反正老梅至今一想起选学校这样的事依旧头皮发麻。

梅想到

2. 初中里的初衷

进入初中的生活完全是另外一种状况。

学校宿舍里是严格的军事化管理，要求把被子叠成四四方方的豆腐干状，而身高只有一米五的尔清同学要想扯起被子快速整理好，几乎是一件不可能的事情，为了不拖寝室的后腿，尔清要求另带一床小被子上学，这样的话，可以不动那床在同学帮助下叠好的被子，每晚只盖自己的小被子睡觉，一早起床时只要把自己的小被子塞进柜子里就行。为了叠被子这件事，王尔清同学接受了从扣分到罚款等各种不同的处罚，等到又一次被要求缴纳“巨额”罚金后，老梅终于忍不住出面和他们班主任F哥理论：我家孩子是来上学的，不是来叠被子的！从此才算放了尔清一马。

尔清之前从幼儿园到小学，都是在小班上课，每个班的学生不超过二十人，各种配备比较齐全，老师和学生的交流也很充分。进了初中，全班有四十七位来自全国各地的孩子，许多都是当地的学霸，尔清之前那种宽松的学习环境没有了，老师从开学的第一天起就惦记着三年之后的“中考”，总感觉有一根无形的鞭子在抽打着孩子们。小学时期的考试完全不排座次，但进入初中之后，每次考试不仅有全班排名，还有全年级排名，恨不得还要全海淀区排名，每次考试之后就是一次座位调整，从全班的座位上一眼就能看出谁是优等生，谁是差生。

看着这一切，老梅有点后悔，甚至起了为尔清转学的念头，但尔清反过来劝慰老梅，全是一样的，这里已经算是比较宽松的了。再说了，老师们的工资待遇也是根据最后中考的成绩来考核的。尔清说，相信我，困难总是能克服的。

尔清同学的小学生活基本是一片天真烂漫，完全可以沉浸在自己的世界里，读书，听音乐，玩各种乐器，从来没有排学习名次这种事，但是进入初中之后，似乎每时每刻都生活在一个坐标上，要和自己的前后左右相比较，初中生活只有一个目标，就是有一个好的中考成绩，然后去上好的高中……如此推算，三年高中也就是为了高考，去考一所好大学。老梅清楚地意识到，尔清和老梅今后要面对的便是这个强大的体系了，同时也得面对自己的内心，得清楚地明白，我们自己到底想要成为什么样的人，我们想把自己修炼成什么样的灵魂。

开学的第一次作文课，尔清一口气写了一篇两千字的作文，自我感觉良好地交给了老师。小学里尔清的作文总能获得老师的各种圈点和赞赏。一周之后，作文本发下来了，老师只写了一个字：阅！

我想，那一刹那尔清的表情一定是失落的。之后，他的作文课也就全是"对付体"的了，宁肯自己花时间写诗读书，也懒得在语文课上下功夫，完全是一副"不跟你一般见识"的模样了。

刚进初中的一段时间，尔清和老梅一样崩溃，但是，尔清似乎很快找到了自己的节奏，学校成立了管乐团，他又学了一门乐器——次中音号。老梅问他：为什么不选自己已经学了几年，考过七级的单簧管。尔清说，大家都是刚起步的初学者，我不需要那么领先，还不如从头开始学一门新的乐器。

很快他就在乐团里找到了自己的位置，还兼了半个指挥。传说中的一百间琴房，每周有三个午间可以去练琴，对于尔清来说，他是一个只需要找到自己想做的事情就行的人，至于别人怎么看自己，那似乎并不重要。

智慧小贴士 47

◇ 一旦进入应试教育的体系中，便会有很多不适应，是让孩子适应体制还是辟出一个缓冲区保护孩子，这是家长们颇费思量的事。如果选择后一种，家长需要有一种破釜沉舟的勇气和配套的辅助措施。

梅想到

3. 家长会的正确打开方式

王尔清同学幼儿园和小学时期，老梅每次参加家长会都是欢乐无比的，基本上是看他们的各种才艺秀和听老师的各种表扬。但等尔清进入初中之后，参加家长会对老梅和尔清来说，就都成为一种历练了。

初一第一次期中考试之后的家长会，老师先发了全班的成绩，并在黑板报的墙上列出了全班的排名。在这里，老梅得习惯从后往前找尔清同学的排名。老梅看了一下，尔清同学的每门功课的分数从 90 多到 80 多不等，体育及格，音乐美术都是优，老梅觉得这样的成绩还不错。只是在全班居然是倒数第一，在全年级四百多人中排名第二百名上下，老梅有些不明白，这样的成绩还算可以呀，但是看着一位全班成绩排第五的女生，因为数学得了 95 分而哭得死去活来，老梅便有些明白，王尔清这个平均 80 多分的成绩在全班该是多难堪了。因为尔清先生的这个成绩，全班的平均分被拉低了不少。看着班主任对老梅的神情，似乎有各种话要说，再看尔清同学的表情，还是一脸淡定，似乎这个成绩对他来说无所谓。

老梅此生第一次历经这个场面，心里寻思着一会儿怎么跟老师斡旋，好好享受一下“差生”和“差生家长”的待遇。老梅刚开始胸腔内还有一团怒火，但是翻着刚发下来的试卷，老梅渐渐淡定下来了。

如何面对这件事，如何回答老师之后的各种问题，老梅心里渐渐有了答案。老梅想，这是一次偶然的失败吗？还是今后会一直面临这样的状况？是要求老师先别把尔清看扁了，给他一次机会，等他下次考试翻个身？还是说坦然接受尔清先生以后初中三年都是这种全班倒数的位置，成为一个“差生”？

老梅之后几乎都没听见班主任在说些什么，只顾着琢磨一会儿跟班主任谈话用什么样的态度。

班级里的第一次家长会就像水泊梁山排座次，老梅想，过早地把自己卡在这样的竞争里，有意义吗？教育的本义是什么？是如何衡量一个孩子的智商和心智，如何启发和挖掘孩子的潜力。那一个小时的家长会，倒像是对老梅的一次上岗考试。

果然，家长会之后，老师把倒数五位的同学的家长都留了下来，老师问家长，对这次考试成绩有什么感想，那些家长就开始说“这次考试失常了，孩子之前不是这样的，回去一定会努力教育他”之类的话。

老梅留到了最后，老师问：“尔清妈妈，你觉得尔清这次考试成绩怎么样？”

老梅笑了笑说：“很好啊，不错。”

老师看样子没听过这样的台词，一时有点蒙：“你觉得这样的成绩就可以了？”

老梅说："对呀，从每门成绩来看还是不错的！"

老师估计是没遇到过这样的家长，完全不知如何反应了。老梅反倒过来劝慰老师："我觉得我们的工作还是做细一点吧，先来观察一下尔清是否有学习障碍，在我看来他更多的应该是那种男孩子的粗心，这个可以改。还有尔清的作文，这明明是一篇可以得满分 40 分的文章，但老师只给了 28 分，因为这不是一篇标准的'考试体'作文。别的不敢说，老梅对尔清的写作能力是有自信的，我不希望他被套进一个套子里，他只要坚持用自己的方法写作文，老梅就会很高兴，不会在乎老师给多少分。还有，这些题目，我想看看他到底是不懂，还是只是粗心。孩子是不是差生，我们都先别下结论，我这个做妈妈的心里也有杆秤，我不想把分数当成唯一的衡量标准，也希望老师不要就此给孩子贴标签……"

尔清坐在一旁听着老梅和老师的对话，刚开始还有点紧张，但他没想到老梅会如此和老师进行对话。回家的路上，尔清对老梅说："袁老梅，你真是我的亲妈呀！不过你放心，我知道该怎么样读书。"

之后，初一（8）班的同学和家长们都知道了，王尔清同学有一个彪悍的妈。

智慧小贴士 48

◇ 不管什么样的情况，相信孩子的学习能力，不要仅仅用分数来衡量孩子的学习成果。任何时候都要相信孩子！

梅想到

4. 如何当个“差生”

经过一个学期的努力，王尔清同学几乎坐稳了全班倒数第一的位置。作文很少得高分，但还是那么有趣，有时甚至是奇谈怪论。政治课成绩一直是70多分。关于历史课，尔清似乎对八卦史更感兴趣，一部《音乐圣经》倒背如流，“极大地丰富”了他的各种创作。老梅觉得一切都很好，唯一的担心是，作为一个“差生”，尔清是不是会受到心理伤害，于是老梅觉得有必要和尔清同学谈一谈。

为了表示重视，老梅特意把古鲁请回来和他谈谈。古鲁看着他的成绩单，努力挤出一丝笑容来，说：“你这样的成绩，作为一个差生……”

没想到尔清同学突然变得伶牙俐齿起来：“这个成绩怎么啦？学习就是光看分数吗？分数有那么重要吗？再说了，全班总要有人当倒数第一的，我妈心理素质那么好，从来不为难我，我就替大家担了又怎么了！再说了，什么算差生？我不认为自己差，我妈也不认为我差，这不就行了吗？”

一番话说得向来以口才好闻名的古鲁张口结舌，只好说：“还是你们谈吧，我先走了……”

老梅开始想，应该怎么和这小子谈，最起码保证他不会因为自己是“差生”而受心理伤害。另外，这个“差生”的底线是什么？不能这么一路“差”下去，还是要有一条生存线的。

老梅问尔清：“你有没有想过你今后的职业是什么样的，也就是你以什么来谋生？”

尔清说：“我还是希望成为像王宁老师、秦文琛老师那样的职业音乐家，在一所大学里教音乐，还可以作曲，兼当指挥，在全世界演出。”

老梅问：“为什么会想在大学里教音乐呢？”

尔清回答：“那样可以与很多艺术家一起交流，不那么孤单，还可以在大学里得到最多的音乐方面的资讯，有更多的交流机会。”

好小子，想得很周到啊。

老梅说：“你想过没有，要想实现这个目标，你还有一些台阶要上，最起码，你得先初中毕业，然后顺利地上高中，再上大学。一般来说，现在能留在大学里担任教职的，都得有博士学历，除非你出类拔萃到了比谭盾还厉害的境界，或者你只想当个流行歌手，自学成才……”

尔清说：“我知道你的意思，我必须上大学。”

老梅说：“这一点你自己选择，你干什么老梅都会欣赏你，支持你，相信你在做你自己热爱的事，你可以不上大学，也可以上大学。”

尔清说：“我必须上大学。”

老梅说：“那好吧，我们定下这个目标。你要上大学就必须保证各门功课都及格，顺利地拿到中学毕业的文凭，然后上高中。至于上什么样的高中，在哪里上高中，我们下学期再讨论。”

尔清说：“我保证不挂科。”

老梅说：“那我们再来讨论下一个问题——你有没有作为一个‘差生’的心理准备，这个称号会不会伤害到你？我不觉得你差，但是你能否承受这个称号，能否忍受老师和同学们的歧视和冷眼？”

尔清说：“我并没有觉得我有多差啊，我的成绩之所以没有达到所谓的高分，是因为我对有的知识实在是看不上，我觉得没有必要在那些方面下功夫，白白浪费时间。我想学的东西都不差呀，我的英语课，外教总是给很高的分，因为我幽默，我和别人不一样，总有别出心裁的东西，而这在我们的语文课，特别是作文课里反倒成了扣分的原因。天天讲段落大意、中心思想，我们就不能从中读出一些自己的心得体会吗？所以我是真心不在意分数的……”

老梅问：“那你如何看差生，看别人的眼光？”

尔清说：“我是一个作曲家，一个艺术家是不需要那么在意别人的眼光的，我不能为了别人的眼光扭曲我自己，与其在那些题海里浪费时间，把一道题做一百遍，我还不如好好写一首曲子呢。你放心，这些东西伤害不了我的。唯一对我有伤害的是，哪一天我突然觉得自己没有才华了，那才是最要命的。”

好吧，老梅放心了，在一个有自己人生目标的孩子身上，分数真的没有那么重要。学校的几次联欢会下来，尔清同学便把自己成功地定位在了“音乐天才”的位置上，老师和同学们都把他当成了一个“特殊人才”而另眼相看。除了个别老师时常会为难他一下，其他同学反倒对他倍加关照。

智慧小贴士 49

◇ 没有充分的自信，当一个“差生”是很容易心理崩溃的，外在的压力从某种程度上促进了王尔清更加专注地投入进自己的音乐世界，在层层压力下打造自己的坚硬外壳，保护自己的才华得以施展。

◇ 对家长来说，只要战胜自己的虚荣心，和孩子多多交流，对于那些“杂音”真的是可以不在乎的。

梅想到

5. 一篇四个字的作文

在小学阶段，尔清同学一直对自己的写作充满自信，他的作文经常被校广播站拿来广播，还入选过《全国优秀作文选》，他甚至还加入了全国小记者协会。在作文这件事上，尔清同学一直用老梅的逻辑在写作，写心之所想，有理，有料，有趣。

进入中学之后，尔清一度想要引起老师的注意，第一节作文课就写了一篇将近两千字的作文，结果老师只是写了个“阅”字，他一下子感到了无趣。“我还是怎么好玩怎么写吧，管她怎么看我呢。”

有一次写作文，题目是《读懂母亲》，尔清写道：这个题目已经写过很多遍了，越写谎话越多，我现在说实话吧。其实母亲何须读懂，她只要我健康快乐就很开心，她是个简单的人，她尽义务抚养我，以后我也尽责任孝顺她，这就足够。天下母亲不读也懂。

这在老师眼里自然是一篇不及格的作文。回家后，尔清同学抱着老梅一起看了五六遍，最后叹口气，无奈地说："女人的心怎么可能读懂呢？"然后把这周的作文往老梅面前一放说："签字吧！"老梅便也签了个"阅"字，然后签名。

学校里教的作文有一种专门的文体叫"考试体"，但尔清同学是打定了主意当个"反面典型"，经常把自己的作文变成各种"行为艺术"。

有一次，作文题目是《有一种美叫……》。

王尔清写的是:《有一种美叫空白》。

然后是一整页的空白，第二页上写了一句：这就是美!

老师没有给成绩，想来已经被气疯了。

回家后，尔清问老梅，要是你，你会给多少分?

老梅想了一下说："冲你的独立思想和做派，我给100分，但冲你这种投机取巧的劲儿，我给30分。"

他一下子跳了起来："平均65分，我及格了！"

还有一次写作文，题目是《给明天的一封信》，尔清是这样写的：明天，我在每天夜晚23:55期盼你的到来；我在每天清晨6:20，发现你没有来。来到的，是另一个今天。每次期盼都充满热情，但得到的永远是一个平淡的"今天"。每次看到你没有来，我都备感失望，但是你——明天，永远在路的前方。

老梅看得感动不已，但老师却依旧只给了60分，评语是——过于虚幻。

青春不就应该是飞扬而梦幻的吗？尔清的作文和这个年龄不是很匹配吗？无奈老师只有一种评价方式。

为了表示自己是有才的，只是不愿意匹配这种完全应试体的教育，尔清经常把老梅的书带到学校去，让同学们互相传阅，同学们知道尔清有个作家妈妈，便经常把自己写的文章带给老梅看，求评点。记得有位同学写了一部上万字的推理小说，还有一位同学写了许多歌词……老梅被他们的才华震撼了！想想，我们的孩子如此才华横溢，却被拦在老师们的分数下，真是遗憾啊。尔清经常对他的同学们说，作文不是只有一种考试体的，还可以有别的写法，你看我家老梅的文章就有很多种。

但同学们都慨叹：我们没有老梅这样的妈呀，少考了一分，回家都要面对一顿唠叨。大部分家长的策略还是“你私下写什么我不管，但是在学校，你就得听老师的”！

有一次作文课上，老师不设题目，让学生们随便写。于是，王尔清便又洋洋洒洒地写了一堆作曲家的故事。老师看完作文后对尔清说：“王尔清，你挺有才的，为什么你就写不好那些考试的作文呢？”尔清同学回答说：“因为我从来没觉得，得到你的赏识是一种什么荣耀。”

老师是什么反应，尔清回家后没有说。只是他越来越沿着自己想要的路走下去了，之后，他写的乐评广受读者和专家们的好评。有理，有料，有趣，这就是王尔清风格的雏形。

智慧小贴士50

◇ 阅读是作文的前提，但为了考试分数而阉割自己的创意和想法是一桩特别无趣的事。王尔清同学不想配合老师的套路，希望保持自己的风格和水准，这是老梅觉得难能可贵的。作为一个写作多年的文字工作者，老梅深知这种灵性的难能可贵，为了一点分数而放弃，真是得不偿失。

梅想到

6. 父亲的第一封信

2008年，老梅和古鲁的婚姻触了礁。近二十年的婚姻，也不是说分就能分的，再加上曾经共同“北漂”创业，要处理的事情还真是不少。两个人随之进入漫长的分手期，但是在这个过程中，老梅和古鲁非常默契地形成一条不成文的规矩：在尔清面前保持原状，再有分歧也不能在儿子面前表现出来。2009年4月，在办理了离婚手续后，虽然已经在小区里另有了住处，但古鲁表示在尔清上中学之后再离“家”，尽量将对尔清的伤害最小化。

怎么跟尔清谈离婚这件事，古鲁说，还是我来写封信把事情说清楚吧，几易其稿，古鲁终于写了这样一封信。

亲爱的尔清：

爸爸是第一次给你写信。开个头，以后就会经常给你写信啦！

这封信要告诉你的是，我和妈妈，和你，要换个方式相处了。我不再每天住在1303了，而是住在1401；需要的时候再过来看你，或邀请你到1401来玩。

也许你已猜到其中原因：我和妈妈解除了婚姻关系，再长住在一起就不方便了。

就像你看过的电视剧《家有儿女》，妈妈成了“刘梅”，你成了“刘星”，而我真的成了“胡一统”了。

其实今年4月份就应该分开住了，可是我和妈妈之间有很多事情没有安排好，特别是因为你刚刚要小学毕业，接着要进入中学，很多事情还没有适应，所以就没有分开住。现在你已经成为中学生了，我和妈妈之间的一些事情也安排得差不多了，一切都已走上正轨。最重要的是，你已经长胡须了，像个懂事的男子汉了，可以体谅爸爸和照顾妈妈了，所以，我们现在可以放心地选择分开居住了。当然，离得也不远，1303至1401，直线距离六十米吧！

你肯定要问：为什么爸爸妈妈要分开？这个问题你可能需要比较长的时间才能全部明白，但因为你是个极聪明懂事的孩子，所以我觉得现在可以先坦承一些情况，以便你能尽早了解并明白（很多艺术家的传记，你从小就看懂了不是？）。

和妈妈分手的直接原因，是2005年年底爸爸生活中出现了一个“第三者”，爸爸的行为违反了现行的婚姻制度，更为重要的是爸爸向妈妈隐瞒了两年，尽管这个人后来已彻底退出了，爸爸也跟她断绝了往来，但还是让妈妈很难接受。你知道，老梅是一个有着高贵人格的诗人、作家，爸爸的出轨行为和隐瞒、不坦诚，是对她自尊心的严重伤害。历史上那些大作家、大艺术家，遇到这种情况一般都是选择分手以维护尊严的，这次妈妈也是忍痛选择了分手。因为爸爸妈妈亲密相处了二十多年，毕竟有很深的感情，特别是又有了你这么优秀的可以引以为豪的儿子……

但是你要知道人的尊严是人的生命，维护尊严的人才是真正的人。所以爸爸妈妈分手，是“不得不”做出的选择，希望你能够理解，因为你也是一个小小艺术家呀！

也许你会追问：我们分手以后，还会维持一种什么样的关系呢？你可以想一下，今年4月22日，我和妈妈就办理了离婚手续，但是4月份以来，我们分住在1303和1401，我们之间有什么不好的变化吗？没有。为什么呢？因为我们之间的亲情还在。解除婚姻关系以维护尊严，但并不改变父亲、母亲、儿子之间的亲情关系。亲情是永远割不断的。我和妈妈都认为，今后这种亲情关系只会越来越紧密，不会越来越疏远。到我们老了的那一天，我们的宝贝儿子会兑现他从小就夸下的海口：“我来养你们！”

有一句哲言说：你是爱，爱就和你在一起，我相信，像尔清这样感情丰沛的艺术型人，一定不会缺失爱，而且一定会把爱的阳光洒到生活的各个方面，带给生活中的每一个人！

相信你一定能够成为一个新时代的巴托克!

爸爸

2009 年 12 月 30 日

智慧小贴士 51

◇ 婚姻解体对于孩子来说可能是一个较大的打击，但是假如父母双方能配合好，还是可以把这种伤害降低到尽可能低的程度。

◇ 告别方式也是至关重要的。这样的告别信可以成为许多分手家庭开始新的相处模式的说明模板。感谢古鲁，能以这样的方式来和儿子开启一种新的相处模式。

梅想到

7. 单亲也快乐

和尔清正式谈离婚的事情，时间确定在 2009 年 12 月 31 日，那天上午从学校接他回家，然后古鲁就把他约到自己的住处去谈话了。

老梅不知道这个十一岁的孩子会如何面对这一切，他是否会认真地去想这个问题，却不曾想，才过了几分钟他就跑了回来，手里拿着古鲁的信："看，他的检查书。"看着一脸泪水的老梅，他有点傻了，古鲁跟着他进来，口里说道：“你才看了第一行，你看完了再说呀。”说着又把尔清牵了出去。

过了好一会儿，尔清再次进来，什么话也没说，抱住老梅亲了亲，然后拿了一张纸巾给老梅：“别生气了，他犯错，你生气，真是划不来。你别怕，有我在，他就不敢欺负你。”

老梅的心里陡然间充满了感动，这是上帝赐予自己的何等幸福啊，有这么天使般的孩子，作为父亲的古鲁，却放弃了目睹一个那么美好的灵魂成长的机会，难受的应该是他。尔清说：“我们还不带他玩呢，他爱干吗干吗去。”然后逗老梅，“笑一个。”

老梅却一时笑不起来，尔清说：“你先笑一个，必须！你就想想有我这么个好儿子也该放声大笑了吧！”

老梅被他那滑稽的样子弄得不由得扑哧笑了一声。

原本昨晚就定好了三个人一起去看新年音乐会的，路上，尔清突然问：“我爸明天会来吃火锅吗？”

老梅说：“不来，他今天中午不是已经跟你告别了吗？”

尔清问：“他以后不再来吃饭了？”

老梅说：“是，我们离婚了，分开了。你跟我，想吃什么吃什么。”

尔清不说话了，眼睛一直盯着窗外，过了一会儿，对老梅喊道：“他明天必须过来吃火锅！”

老梅这才反应过来，尔清一直以为我们只是普通的吵架，根本还没明白“离婚”对他来说意味着什么。

他一下子放声大哭：“我不要你们分开，你们为什么不问我一声？”

老梅的眼泪也流了下来，尔清边哭边说："我要你们在一起吃饭，我要你们一起带我去玩，你们不能分开，你们分开了，家就不是家了。你们必须在一起！"

老梅一下子不知道该对他说什么好了。

进了音乐厅开始听音乐，刚开始他还抹眼泪，但音乐一响起，他便好了，整场音乐会老梅都在想，应该怎样把这个问题对他说清楚。

音乐会结束后，尔清亲了一下古鲁，然后扬扬手，跟他告别了。

回到家，洗漱完毕，尔清坚持要陪老梅，老梅也想着和他把一些问题谈透谈开。

老梅开始讲，人生是一个失去的过程，人在成长当中会得到许多东西，也会失去许多东西，有的人有许多东西，包括财富、健康等等，但不是你可以全部占有的，也不可以凭外在的东西来衡量一个人的价值。爸妈离婚了，你"失去"了一个"爸爸"，但并不表明你失去了什么价值，尔清还是尔清，也许还能促进你更快地独立。再说了，爸爸只是没有和我们生活在一起，他依旧在承担你的生活费用，你需要他的时候，他依旧会来帮助你。

老梅对他说，每个人都有自己的生活方式，你不能强迫别人因为你而改变，虽然你还是个未成年人，但你也不能规定他的生活方式，这是对人性的尊重。

老梅给他讲了一个多小时，尔清说："老妈，我明白了，不管别人怎样，我们要自己好好地生活，我可以寻找我的'交响乐之父''古钢琴之父'！再说，世界上还有那么多的孤儿呢，他们也没有自杀，不是也要成长吗？我有你这样的好妈妈已经够幸运的了。老梅，你放心吧，我没事了。你累了，睡吧。"

尔清亲了老梅一下，然后一下子钻进被窝里，老梅将床灯调到暗处，然后在朦胧中看着他，不一会儿，他就发出了轻轻的呼噜声。

老梅把晚上的事总结了一下，给古鲁发了一条信息：

告诉儿子的事：一、爸爸不爱妈妈，两个不相爱的人是不能在一起的，否则的话对双方都是更大的伤害；二、虽然父母之间没有爱，但我们都爱儿子，会矢志不渝地关爱他；三、父亲需要新的生活新的爱情，儿子假如也爱父亲的话，就应该尽量不去影响父亲的新生活。每个人都是要成长的，新的一年里会有更多快乐的事情，失去了一样东西并不是失去全部，关键是找到自己真正热爱的事和人。前几年父亲一直在上海，我们的日子不也是开心快乐的吗？你就想象一下，父亲是位船长，远航去了……

需要和儿子说明：这个家庭的解体不仅仅是因为父亲犯了错误母亲不肯原谅（他让我不要为这事生气，以为只要我一点头，爸爸就能重新回来），而是爸爸不爱妈妈了，要去寻找新的生活，我们必须开始新的生活……什么是爱？爱是一种善意，一种诚恳地、坦然地关怀对方的愿望……没有这种情感的两个人在一起是很可怕的……

第二天，也就是2010年1月1日，老梅在阳光中醒来，侧身看尔清，他也醒了，假装睡着，老梅知道他又要开始搞怪了，果然，他突然一下子跳起来，扑在老梅身上叫起来："老呆呆，新年快乐，祝你越来越呆，越来越可爱。”然后又钻进了被窝。

老梅在他脸上亲了一下：“新年快乐，咱们新年里争取开场音乐会如何？”

尔清一下子来了精神：“多大的编制？用哪个乐团？我可以请王宁老师来指挥吗？”

老梅说：“那些都好说，关键是你得把曲目准备好！”

尔清说：“当然。”他一下子跳起来坐在老梅身上，嘴里说着，“阳光照耀着塔什库尔干，现在是阳光照耀得老呆呆肛儿颤！”

说完便跳起来穿衣服，一边穿一边说：“来灵感了！”

智慧小贴士 52

◇ 离婚只是重新开启一种新的生活模式，不是世界末日。

◇ 父母双方只要不相互攻击，妥善处理好各种关系，对孩子不会有太大的影响。从小打磨好的阳光心态，可以和孩子一起自然地面对一切生活的变化。

梅想到

8. 出乎意料的见面

尔清进入初中之后，学音乐的热情更加高涨，不仅听古典音乐，他开始听更多当代作品，还有许多当代作曲家的作品，慢慢地有了一些自己喜欢的作品和作曲家。

在此之前，除了高云老师的一些指点之外，尔清还没有正式拜过的作曲老师，而高云老师的正式职业是电视编导，虽然是音乐学院毕业的，但她并没有从事作曲工作。

尔清一边听音乐，学作品，一边评价着这些作品，并希望能去见见真正的作曲家。

他给老梅列了一个名单，看上去都是如雷贯耳的，但无奈老梅不是这个圈子里的人，谁也不认识。还是得麻烦高云老师，她也许认识那位王宁老师，他们都是沈阳音乐学院毕业的。于是老梅便拜托她帮助引见。

王宁老师是中国音乐学院的作曲系主任，也是著名作曲家吴祖强的研究生，尔清几乎买齐了他的所有能搜罗到的作品。

过了好久，终于有一天晚上，高云突然通知说："今天晚上王宁老师有时间，见面时间你们控制在十分钟左右吧，他之后还有别的事。"

尔清有点紧张，这是他第一次见一位真正的作曲家。尽管之前他已经把可以收集到的王宁老师的作品都听了，并读了总谱，写了一些自己的感想。他不知道这位作曲大家会不会把他这个十一岁的小孩当回事，还是说只是一种应付。

王宁老师看见尔清有点小惊讶："这么小？"老梅告诉他，尔清今年十一岁了，读初一，自学作曲快三年了。尔清把自己写的那些"作品"递给王宁老师看。

王宁老师一下子对眼前的这个小家伙也好奇起来："你怎么会知道我的，听过我的作品吗？"

于是，尔清开始分析王宁老师的作品，老梅坐在一边，没想到这小子可以这么平静而淡然地和老前辈对话，那神气不卑不亢，十分到位。

他那专业而淡然的样子让王宁老师越发对他好奇起来。差不多二十分钟过去了，老梅说："王宁老师还有别的工作呢，我们是不是应该告辞了？"

王宁老师说："你们别走，我把那边的见面改期吧，难得看到这么小的孩子这么专注，这么有想法。"

于是他们开始聊各自喜欢的作曲家和作品，王宁老师越聊越开心，尔清同学也越来越语出惊人，两个人像老朋友一样聊得越来越欢，时不时还有一些小争论。王宁老师说："认识你这样的小朋友，我太高兴了。现如今还有这样热爱音乐的孩子，真是令人欣慰，你掌握的音乐史和听过读过的音乐作品，比我们的大部分本科生都多，我得去给我的学生们介绍一下王尔清了。"

那次谈话进行了两个多小时，我们实在不忍心过多打扰，约了下次有机会再聊。尔清同学那天晚上也很兴奋，到了半夜还在琢磨王宁老师的每一句话，又找出一堆作品来边听边读。

2010年春节刚过，老梅和尔清从泰国休假回来后就接到了王宁老师的电话："尔清妈妈，尔清是不是真心喜欢音乐？我考虑了一下，孩子还是应该系统地学一些音乐知识，特别是一些专业性的。要是他愿意的话，我可以来教他。"

那真是太好了！于是我们就定了每周日下午去王宁老师家上课，王宁老师开始给他上和声学的课，每次一个小时。当老梅给他递上教课费的时候，王宁老师说什么也不肯收。"能给这样的孩子上课是我的快乐。"王宁老师还说，"像他这样的孩子，不能乱教，我和朋友商量一下，他的音乐教育应该怎样教，千万不能教偏、教坏，这么好的苗子，真是难得。”

每次老梅在一旁听他们上课都特别有感触，这种一对一的授课完全是为尔清量身定制的，王宁老师不仅教专业知识，还教他做人。他讲自己的经历，讲各种作曲家的故事，王尔清不仅跟着老师学作曲，更是在攒人品啊。

就这样，王宁老师免费教了尔清一年的和声学。老梅心想，尔清的运气真是太好了，一上道就遇见了这么好的老师。如今想起来，心里依旧暖暖的。

智慧小贴士53

◇ 相比“失败乃成功之母”，我更喜欢那句“成功是成功者之母”。从一个行业的领袖人物身上可以想象自己未来的职业高度，这种榜样的力量要比无数说教更有效，更有说服力。

◇ 引领并鼓励，让孩子尽早地接触大师级的人物，会让他的青春之路更加闪亮。

梅想到

9. 讲道理而不是讲权威

尔清的初中生活过得风生水起，音乐创作的热情更是如火如荼。但这时，贾冰老师决定定居日本，我们需要重新给尔清找一位钢琴老师，不想要那种专业的考级神手，想要那种有水准，有见解的。纠结一番之后，一位歌唱家朋友介绍了他的好友陈一新，一位著名的合唱编曲专家，四十岁上下，看上去比贾冰老师严格许多。

陈老师的父亲也是一位音乐人，陈老师虽然是清华大学毕业，但后来因为酷爱音乐而成了一位音乐编辑和乐评家。对于这样的老师，老梅真心觉得比一般的纯教技术的老师要好很多，所幸，他和尔清也互相喜欢对方。

不料，上第二节课时师生俩就起了冲突，起因还是尔清弹琴的手势。陈老师说尔清弹琴时的手势不对，尔清照例用他那套理论来和陈老师理论，霍洛维茨是这样的，还有谁是这样的……但陈老师不听这些，只是说，现在你要按照专业的态度来改正手势，尔清坚持要问为什么，陈老师有点恼了，说："没有为什么，你要专业从事音乐，就必须是这样的！"

"要不这样呢？"尔清问。

"那就是一个野路子的孩子。"

尔清说："那我就做一个野路子的孩子吧。"

师生俩陷入了僵局，陈老师很生气，因为之前从来没有孩子会这样追问他。

尔清说："你要是觉得霍洛维茨也是野路子，那我就野路子好了。"

陈老师说："你要走专业的道路，就要有一个专业的姿势。"

尔清说："那我就不专业好了……"

俩人越说声音越大，老梅在门外听着响动，然后就听见尔清哭了。

老梅把陈老师叫出来，想和他交流一下看法，陈老师很生气也很着急：他要是这个样子，去考音乐学院是不可能考上的。

老梅只好赶紧安慰并劝导他：专业的姿势是需要的，只是我们需要和尔清讲清楚一个道理，为什么必须是这样的手势，有没有更清晰一点的道理。对尔清这样的孩子，你只要把道理说清楚他会很听你的话，但是你一定不能用权威的样子说——一定就是这样的！那他一定就会质疑你。青春期的孩子本身就是很逆反的，但是他们一定会信服那些真正的道理。

陈老师走了，尔清关在屋子里开始狂弹琴。晚餐时，老梅去推他的房门，发现他把门反锁了。于是便给他写了一张纸条，从门缝里塞了进去。老梅写道：

1. 我认同你学习音乐的快乐原则；

2. 关于未来的职业方向由你自己选择，没有任何人会强迫你；

3. 人是铁饭是钢，无论你将来干什么，现在都得出来吃饭。

过了很久，钢琴声停了。然后又过了一会儿，门缝里露出一张纸条，上面是尔清先生回应的三条：

1. 我喜欢音乐，但不一定进音乐学院；

2. 我喜欢陈老师，希望他能继续教我；

3. 弹巴托克有利于情绪宣泄，这就是音乐的作用。

好吧，老梅听你的。

之后尔清和陈老师继续上课，陈老师上课不是那种教条式的机械练习，而是两人一起四手联弹，这种活学活用的方式让尔清终身受益。到目前为止，尔清即使在音乐学院里，也是一个不错的钢琴伴奏者，因为一个学期免费为十八个不同专业的同学伴奏，他曾获得过“钢伴十八郎”的称号。

关于弹琴手势的问题，后来在尔清准备考中央音乐学院附中时，著名钢琴教育家常桦老师也开始修正他的手势，尔清依然一如既往地反问，但常桦老师说：“你现在还是个孩子，你的手还在发育阶段，这样做有利于手的发育，手撑开了，你弹琴的跨度也就更大了。”

尔清明白了，于是在日常生活中也不忘随时撑撑手，从学琴以来一直没明白的一个“难题”就这样轻而易举地被克服了。

十三岁的那一年，尔清终于决定要走一条专业道路了。

智慧小贴士 54

◇ 把道理讲明白，孩子自然会执行。

◇ 早早地走上专业道路，对于尔清来说未必是最佳选择。但既然已经选择了，也就只能坚持走下去了。

梅想到

附信：

专业和业余

亲爱的儿子：

昨天晚上你和陈老师的冲突主要围绕业余还是专业这个问题，

陈老师要求你用专业的手势来练琴，但你却只想愉快地“玩”，你觉得对于弹琴手势可以无须限制，怎么高兴怎么来。

音乐本身就是一个悦己的艺术，没有那么多的“一定”之规。只是你有没有想过，在这个过程中如何去提高自己，假如一直停留在低水平的自娱自乐上，你的快乐能保持多久？

从前老梅热爱运动，爱打乒乓球和羽毛球，打乒乓球因为参加了学校的乒乓球队，多少能得到老师的一些点拨。打羽毛球则完全是凭感觉在马路边上练出来的。

来到北京之后，在正规的场地和那些厉害的同事打羽毛球，老梅完全不是对手。老梅这才发现自己甚至连最起码的规则还不清楚呢，因为水平太低，同事们不是很愿意和老梅玩，于是老梅发奋，请了一位专业的羽毛球运动员——一位北京队的前队员来教自己打球。

教练一来的第一件事是纠正老梅的动作，从握拍开始。要知道，纠正姿势甚至比学一个姿势更难，老梅开始改正姿势的头一周甚至根本接不到球，接下来还要把手臂和脚步规范化。

虽然别扭了差不多两个月，但是老梅惊奇地发现，一旦用教练指导的姿势接到的球，其质量要明显高于之前的“胡打瞎抽”，不管是球的落点准度和力度，都有很大提高，真所谓“磨刀不误砍柴工”。

这之后，老梅做很多事情，也开始力求自己能规范。这样的话，一开始可能看起来比别人慢，但是一旦进入轨道，便可以有一个长期稳定的发展，可以按一个清晰的节奏来驾驭事情。不管是工作还是娱乐，专业的起点让我们可以达到更高的高度，让我们除了自娱自乐之外，还能享受一份成长的快乐，一种对自己的潜力的认同，这也是我们能够保持终身学习的一个出发点。

其实要说起来，业余状态很像爬山，假如你心安理得地待在原地，看的风光也就是周边那些；假如你想领略高山大川，见到常人看不到的风景，你就必须去攀登。这些道理你其实比我明白多了，老梅是年过四十之后才渐渐明白这些的，而你是从小就要做一个与众不同的人的，为此你抄字典，写曲子，你已经从音乐中得到了很多快乐，但是如何让音乐长伴你的一生，从音乐中得到更多的快乐，还是需要我们做出更多努力的。

当然，业余状态也是很不错的，音乐家我没你了解得多，但我知道的业余作家还是不少的，比如卡夫卡，这个保险公司的业务经理，每天只是在下班后写作，生前没有人知道他，死后他的作品成为现代文学的经典……

所以，儿子，不管你是选择业余还是专业，老梅都会一如既往地支持你，因为我知道，你也是有自己的追求的，你不会放任自己成为一个平庸无趣的人。

老梅

10. 游学八十天：在告别中成长

初一下半学期，学校组织了一次为期两个多月的英国游学行。尔清和学校的一百多个孩子一起去英国游学，一个月在伊斯特本的一所国际学校，三周在巴斯的英国人家，还有最后三周是在离伦敦不远的一所国际学校，看行程单还是蛮有意思的。

虽然向往这样的生活，但老梅还是有些担心，倒不是担心尔清，尔清应该是没有问题的，而是老梅将如何面对这么长时间的分离。在此之前，最长的分别时间不超过十天，而现在一去就是八十天啊，这是之前从来没有过的。

2010年的通信还没有现在这么发达，老梅给尔清带了国际漫游的手机，但手机平时是被老师保管的，打网络电话要排队，国际电话费又太贵。临行前还给他带了三百英镑的“私房钱”，其他都是由学校提供的。老梅了解他们动态的最佳途径是通过他们班主任的博客，每到一地都会有报告，九张图里面尽量多发集体照，可以看到尔清的身影也就心安了。

但老梅还是很期待这样的游学的，可以看到尔清在一个集体里的适应性和对大环境的适应性。临行之前，老梅给他写了一份《安全须知》，还准备了一个小的卡片相机。尔清的服饰一向简单，几身校服和一双运动鞋足矣。

出发的那天，老梅和古鲁一起去学校送他，他很快就和兄弟们打成了一片。

看着大巴开出学校，我心里便晃荡起来，之后时时刻刻地关注着博客上的动态：平安到达，平安入驻，开始上课。老师的博客上只是偶尔露出尔清的一些侧脸。

每周六是大部分学生和家长联系的固定时间，网络电话排队的人很多，尔清通常是一句话报个平安而已。然后每周发一些短信，有一搭没一搭地说说沿途的观感。有一次说刚吃了一个超好吃的冰激凌，之后又说看见冰激凌有点馋，但是想想两个冰激凌的钱就可以买一张 CD，就有点舍不得了。

有一天老师在博客上说：有困难，找尔清！同时发了一些尔清帮助捡垃圾、收拾桌子、帮同学拉行李的照片，老梅一下子“泪奔”了，原来他是这样一个孩子，同学们都出去玩了，他总是那个留在原地看行李的人。他好像很乐于做这些，老梅想，这种品质可比分数有用多了，无论在哪里，凭着这种精神，尔清总会成为团队里最受欢迎的那一个。

后来到了巴斯，他们住在一户人家家里，房东是一个单身的妈妈，带着两个孩子，女孩和尔清一样大。尔清看起来和他们相处得不错，那个妈妈时常带尔清去看巴斯的老建筑，而其他同学则忙着四处找火锅。房东一家还带尔清去吃了一顿“北京烤鸭”，他们几个一路嘎嘎嘎地跑回家。

有一天，尔清给老梅发了一条短信，说房东家那个女孩太疯狂了，公然当着一桌子的同学问他：“你又英俊又有才，可以当我的男朋友吗？”

老梅很关心尔清的反应，可他当时愣是没有回答。尔清后来说，其实那个女孩挺漂亮也挺有意思的，要不是当时有那么多同学在场，他也许就答应了呢……

在最后一次国际生的大派对上，王尔清一下子成了全场焦点。学校里有美国、法国、俄罗斯、墨西哥等国家的一群孩子，有点各国孩子才艺大比拼的意思，那些外国孩子个个都是舞台达人，中国的孩子们平时比较内敛，现如今想施展一下，却不知道如何施展。王尔清主动担任钢琴伴奏，在同学们的合唱中加上了钢琴串烧，各国名曲奏起，掀起了现场的一片狂欢，各国的孩子们围在他的钢琴旁，一阵阵欢呼……第二天一早，王尔清给老梅发短信说，原来舞台上可以那么过瘾……

过了八十天难熬的日子，尔清终于回国了。在机场，他一手拉着行李箱，一手抱着一个巨大的浴巾，姿势特别奇怪。老梅问他浴巾里是什么东西，他说，全是这一路买的碟，怕碰坏了，就这么抱着。从伦敦到哥本哈根，再从哥本哈根转机到北京，就这么捧了十八个小时没有放下。老梅很感动，像敬畏神灵般地敬畏音乐，这样的热情，可以融化一切。

智慧小贴士55

◇ 孩子出行，更多的是对家长，特别是老梅这样的家长的考验。这是老梅的一次“断奶”，想想人生就是这样不断地告别和重逢，直至永远告别。习惯了就好。

◇ 每一次独立出行都是一次快速成长，老梅也要在这一次次告别中成长起来！

梅想到

附信：

安全须知

亲爱的儿子：

在我所有的文字中，别的你都可以当成一阵风刮过，唯有这篇，你必须牢记，一定，一定。

我们每个人出生的时候，父母都无法给我们贴上一张使用说明书，因为人的变化和差异实在太大了，无法归类并解释，但是，关于安全，我想，我还是可以尽量说明白一些基本的原则的。

还有一周你就要出发了，你出门，我唯一的挂念就是你的安全。这一阵子，未成年人的安全问题已经被提到国家级的程度上来了，对于你，我第一挂念的是安全，第二也是安全，第三还是安全，身和心的安全。为此我不惜自毁形象，在这里要狠狠地唠叨上一大通。

先说心理安全：

首先要在心理上给自己设一个防护网，这个“网”不是有意为之的，它是你的一些良好习惯形成的对自己的保护。不要轻易和陌生人套近乎，也不要将家庭和个人的隐私随意告诉陌生人，更不要被我们日常宣传的所谓“见义勇为”所蛊惑，因为你还是一个未成年的孩子。社会的秩序已经由专业人士在承担了，他们拿着你父母这样的纳税人的钱，就必须尽心尽职地完成保护民众安全的责任。当危险来临的时候，你必须尽快地离开“现场”，按常识和本能寻找一个相对安全的地方。

切记：不要去凑热闹！

我一向相信你的“嗅觉”极度灵敏，感觉到不安全就赶紧“撤”！

再则是学会保护自己的身体！这不是在教你自私，而是在教你“自救”。不要因为“挽救”财产而伤害身体，切记，切记！财产毕竟是身外之物，自己的身体健康才是第一位的。更不要因为钱财去和别人争执或相互猜忌，为了做到这一点，平时你尽量不要向别人借钱，也不要借钱给别人。你们这次出门的所有费用在此之前都已经足额交给学校了，留了一些零用钱是在某个时候应急的，所以，为了你自己的安全，你口袋里必须留下最少可以打电话的钱——三英镑！你保持自己口袋里的最少金额。

再有一个硬性指标——记住五个以上的求救人电话：老梅的、家里的、你大舅的、你们带队老师及你所住的房东家的电话！（在你的手机里、电脑里、书包里，我已经放了前面三个电话。万一碰到有打劫或是小偷一类的人物，你就听从他们的指示，把口袋里所有的钱都给他们，一定不要反抗，更不要“护财”，然后迅速想办法离开现场。）

你所居住的城市是一个海滨城市，但英国的海滨并不像东南亚那样炎热，所以，你要尽量保持必要的服装在身上，不要被冻感冒了，那样可就不好玩了。

还有一个要求——不要独自行动，你是一个还未满十二周岁的孩子，所以，无论在何种时候，你都不能一个人去海边或是别的什么地方。你必须告诉你的老师或是你的房东你的目的地和行动路线，这并不是限制你的自由，而是为了保证你的安全！

你的大部分同学都已经进入了“青春期”，强调“逆反”，强调“个体体验”，但老梅还是要提醒你，并不是所有的东西都值得去“体验”。只有“正面”的体验才会对你有益，负面的东西，出于好奇去尝试的话，对你心灵的破坏程度会远远大于你的想象。像你这样怀揣着音乐的美梦和使命的人，应该尽量地保护自己的纯真和善良，不要被一些莫名其妙的冲动所引诱，这也是考验你的“定力”的一个方面。

还是要说保护身体，不要让任何人碰你的身体！不管出于什么样的原因，你要坚决地拒绝，一定！

培养良好的习惯，老梅已经将所有的随身携带物品做好了清单，一式两份地放在你的行李箱和电脑文件里了，每次转移时请核对好相应的东西再离开。

一次安全的旅行才可能是一次快乐的“游学”，所以，安全啊安全，亲爱的儿子，你一定要牢记，牢记。拿出你从小就当“安全委员会主任”的本事来，让这次经历成为你人生过程当中一个正面而快乐的体验。

老梅

11. 自己的课程表

进入初中之后，王尔清长期在全班倒数第一至倒数第五的位置上下浮动，在全年级四百多人中，他稳居第二百名左右，除了担任音乐课代表之外，最常担任的职位就是劳动委员，基本和“三好学生”绝了缘，小学阶段还经常看他拿些奖状什么的回来，初中就基本没见过。

老梅和尔清已经就成绩这件事达成了基本共识，也就相安无事了。老梅认真分析过，尔清的问题主要还是粗心，而不是因为学习跟不上。老师讲的课，他基本一遍就可以听明白，但是懒得一遍遍去做题，题海战术对尔清显然是无效的，因为他根本就不配合，时间对他来说太宝贵了，听音乐、看书、作曲，甚至舍不得睡觉，更舍不得花时间做这些自己觉得已经弄明白了的习题。

老梅和尔清商量，能否更加细心，稍微多花点时间在功课上？尔清说：“我也没办法啊，做作业的时候满脑子都是各种旋律在飞，于是就想赶紧把功课做完了，好去写曲子。”

但到了初二，尔清在老师们的逼迫下已经有点水深火热的意思了，化学老师甚至声称：“王尔清就是你们的底线，谁这次考试要是输给了王尔清，谁就得缴罚款。”

老梅听说这事后满腔怒火，尔清却很淡定地说：“你跟他们计较这些干吗？被分数弄得死去活来，值得吗？”

还有一次，物理老师居然用脚踢了正在愣神的王尔清的屁股，老梅听说了，想去和老师理论，但还是被尔清拉住了。老梅提议让他转学，尔清也反对说：“我在这里和大家都处得还不错，就不换了。在这种考试制度的逼迫下，在哪里都一样。”

王尔清同学甚至说了一句至今都令老梅印象深刻的话：“我在这样的环境里待一下也是好的，在这样的环境下能活下来，以后到哪里都是顺境了。”

儿子能这样想问题，做妈的也就没有什么好说的了。老梅发现，他其实有一份自己的时间表，而且几乎是用尽全力在做自己的功课，除了王宁老师教授的和声学，他还在看各种作曲专业的书，全是音乐学院的专业教科书，还有各种文学作品，《1984》《芬尼根守灵夜》等等。每个中午，他都会练习钢琴；每个夜晚，学校都熄灯了，他还会在卫生间继续作曲……

这是一个爱音乐爱疯了的孩子，爱音乐爱到癫狂。只要和音乐在一起，他永远可以欣喜若狂。

进入初三之后，学校完全是题海战术，整个初三的下半学期全是复习，没有新课。有同学说，他们一个学期做的试卷习题码起来应该和他们的身高相当，人家是“作业等身”，而王尔清则是在疯狂创作，他想要“著作等身”“音乐等身”。老梅想，要是莫扎特进了中国学校，面对如此疯狂的题海，那他还能有多少作品可以问世？这样有必要吗？

尔清的班主任（也是他的英语老师）总是对尔清“网开一面”，他经常对全班同学说，你们要是能像尔清那样有才，这个练习就可以不做。

也许是投桃报李，对于班主任的这份理解，尔清的英语成绩一直是领先的，他是外教最喜欢的学生之一，总是能用有趣的各种词把大家逗得乐翻天。

班主任说：“我们也是有儿女的人，不过无法改变当下的制度，对教师的考核体系也是根据分数和升学情况来定的。像尔清这样的孩子真是很少，我会珍惜的，但是我们都在这个大环境下，要顾及整体，所以也请你理解……”说得老梅心生抱歉，想想，尔清这几年可没少让老师操心……但是孩子的身心发展是一生的事，不是这点分数所能左右的。

智慧小贴士 56

◇ 不是每个学生都要根据教学大纲“一刀切”的。孩子可以有自己的课程表。相信孩子的目标和勇往直前，某种程度上，孩子比家长更清楚自己的未来道路该怎么走。

梅想到

12.“意外”拜师

尔清稳居倒数第一的位置并没有给我们造成太大的困扰，但是一想起今后还有“中考”“高考”这两道门槛，尔清和老梅同时觉得头皮发麻。

为此，尔清提议，要不，高中还是去考中央音乐学院附中吧。于是老梅一路打听，没有一个熟人引路，没有各种专业老师的辅导，要考中央音乐学院附中基本上也是“天方夜谭”。那些三四岁练琴，从小就已经在专业化训练中风驰电掣的孩子，尔清和他们比起来，实在是差得太远了。老梅还是想找一个专业老师咨询一下。王宁老师主张孩子不要太早地进入专业，特别是在中国这样的环境中，一个学作曲的孩子，他自身的文化积淀可能更重要。

老梅又求了一位熟悉较多“文艺界人士”的大姐帮忙，她知道尔清的各种趣事，也喜欢尔清的作品和他那种专注精神。她推荐了她的一位好友，中央音乐学院的副院长周海宏。不过，她说：“海宏是我的好朋友，我可以帮助引见，但是，他是个只认才华不认人的家伙，你让他见一下尔清，看看是否有缘，后面的事情就全靠尔清自己了。”

只要给机会就好，于是我们约了第二天去拜访周海宏先生。记得那是一个初冬的周日上午，尔清一进门就惊了，原来周先生请来了一位作曲家，一位尔清特别仰慕的作曲家——秦文琛先生。前一天晚上尔清刚刚听了一宿他的作品。周先生说：“作曲的事情我不是太懂，但我今天请了一位专家来。”

于是老梅看着他们聊天，原定一个小时的见面又延长了一倍多，看得出来，他们是真心喜欢尔清。他们说，很难得看到这么小又这么痴迷音乐、听过这么多作品又有自己见解的孩子。周先生和秦先生都很兴奋，他问秦老师可不可以收尔清做学生，秦老师犹豫了一下：“我还从来没有收过中学生呢。越是年轻的好苗子越是难教，我得想一下，该怎么来教。”

秦老师看尔清带来的自己创作的谱子，都是用打谱软件打出来的，于是便问：“你愿不愿意改用手写？”

尔清很惊讶："原来你的那些谱子都是手写的呀！真的比打谱效果还好呢。之前看过秦老师的总谱本，当时就在想是手写的还是打谱的。"秦老师说，作曲是个手艺活，需要一种工匠精神。他是留德归来的作曲家，作风非常严谨。

尔清当然愿意跟着这样的大师学作曲了。周先生和尔清说起"内心听力"一类的专业术语，老梅完全听不懂，但是看他们的热烈对话，老梅知道，尔清已经找到了又一位音乐上的引路人了。

于是，尔清开始了作曲的专业之路，他开始练习用手写谱，并保持谱面干净整洁。自从尔清跟秦老师学作曲之后，老梅觉得，家里和周边的环境也都整洁了不少。

令老梅感动的还有秦老师的教育方式，他总是在看完一段尔清的作品之后开始讲课。同样一种技术，贝多芬是如何运用的，海顿是如何运用的，巴托克是如何运用的，当代某个作曲家是如何运用的……他不会去评价这种写法的好坏，只是专心地列出十多种风格，让尔清自行判断。这样的教育，完全是一种打开窗子让孩子们自己呼吸的方式，没有强加，没有说教，老师为此得做大量准备工作，查资料，找素材，最起码自己要有充分的见识和眼力，要有广博的胸怀，这种方式对刚进入作曲专业的尔清来说，真是好处多多啊。想想尔清也是幸运，在走向专业的道路上，遇见了那么多大师级的老师，他们教专业，更教做人，让尔清在踏上那条道路的初期就见到了那么多美好。

智慧小贴士 57

◇ 尽可能让孩子在成长过程中接触各类“高人”，各种优秀的人才，科学家、艺术家……那些真正有本事的人，他们对孩子的楷模作用远胜于任何说教。

◇ 尔清是个幸运的孩子，早早地看到了音乐家们生活中的真风采。

梅想到

13. 初三的三个学校

考虑再三，尔清还是决定高中报考中央音乐学院附中。老梅表示同意。因为以尔清的成绩和对目前教育体系的理解，他不可能把考高分上名校当成自己的目标，还不如趁早选择专业，好有更多的时间致力于自己喜欢的学习和创作。

要考音乐学院附中，有太多的专业课程要准备，视唱练耳、钢琴、作曲……而和尔清竞争的都是已经接受了长期专业培训的孩子，看情势，还得再请一名中央音乐学院附中的老师给尔清补补课，起码要明确考试的规范。

于是尔清从初三下学期开始，要请假去外面补三个月的专业课，并参加4月开始的专业考试。但学校不同意，初中部主任说：“尔清的文化课已经不太理想了，再请假三个月去补专业课，中考就完全没戏了。这样的情况会把我们学校的总分拉下去不少呢。你知道吗，我们海淀区的中考成绩是以零点零几分排名次的，你们这一个孩子，就把我们老师这三年的努力全葬送了。”

老梅一下子也崩溃了，但考学这条路定了，就还得想办法。主任说：“这样吧，你想办法把尔清的学籍迁出去，然后我们这边还是一切正常，他考完中央音乐学院附中还可以回来上课，然后初中毕业文凭照发，也不影响什么。反正，只要他的学籍在我们这里，我们是不会批准他请假的，如果你们擅自离开，缺席三十天我们就可以开除他。”

老梅一下子傻了，但这似乎是唯一的出路了。老梅去找古鲁一起想办法，问了平谷和顺义那边的乡村中学，他们也觉得很难办，因为他们也有考试指标，你这么迁到人家那里，万一考砸了怎么办？老梅一再保证，尔清的成绩并不差，但他们怎么也不信，要是不差为什么要迁出来？

后来有教育系统的朋友指点，你们去找公办学校肯定不行，得去找那些私立国际学校，不计较成绩的那种。

好吧，我们果然在通州找到了这样一所学校，看上去硬件很好，收了点费用，落下了学籍，然后尔清可以在他们那里参加初中毕业考和中考。

这是一所私立国际学校，每个班有二十多名学生，孩子们初中毕业后大都会出国，看起来都是一些富家子弟，尔清在那个教室里一坐，立马有一种鹤立鸡群的感觉，因为只有他手里拿着书。

于是尔清的初三下学期就开始在三所学校之间穿梭，在中央音乐学院附中的体系里准备专业考试，在通州的私立学校里参加毕业考试，而考完附中之后，还是要回到原来的中学上课备考。

在通州的这所学校里，初中的毕业考试王尔清拿到了全班第一名，每

门成绩基本都在 90 分以上，而班里的同学还正在及格线上奔跑呢。当老师同学用欣赏的眼神看着他的时候，尔清也只是笑了笑。

后来尔清对老梅说：“原来当优等生的感觉也不过如此，分数这件事，我是彻底想明白了。”

人生近百年，你们还记得自己的初中成绩吗？那些学过的政治课你们还记得吗？分数只是短暂的存在，但别的很多东西是要伴随你一生的。

三所学校，三种极端的教育体验，都不是老梅理想中的教育模式，那真正的教育应该是怎样的？

智慧小贴士 58

◇ 孩子不仅仅只有应试教育一条路，关键是如何找到适合自己孩子的道路，人人都有高招，勿论优劣，有选择就好。

梅想到

附信：

专业的道路

亲爱的儿子：

经过这么长时间的思考，你终于决定去考中央音乐学院附中的作曲系了。这是长期以来纠结的一个问题，在专业和不专业之间

摇摆。

其实，走音乐的路是早已确定了的，但途径有所不同，像王宁老师他们就主张在研究生阶段才去做专业，之前可以更多地学习一些基础科学和人文知识，打好基础，先成为一个宽阔的人，然后再成为一个专业的人。像著名作曲家约翰·威廉姆斯那样，之前只是一个录音的工程师，之后成为电影配乐的大师。还有柴可夫斯基，大学学的也不是音乐……

但也有那些早早地从事音乐的作曲家，像贝多芬、莫扎特，就是从小就开始音乐创作并一生以此为业的……

创作不论早晚，但是一旦进入了专业领域，就必须用专业的标准来要求自己，必须具有一种专业的精神和职业道德。

平心而论，你在这样的年纪选择走专业道路，是一件相对冒险的事，因为你为此得放弃很多，但这是你的选择，你就得为这个选择负责任了。你现在不能像从前那样随心所欲地胡乱弹了，你要按照专业的规范来弹琴，你要学许多看起来不那么重要的专业知识，但那些都是作为一个专业人员所必须掌握的知识。作为一个职业音乐家，你要熟悉各种配器方法，了解各种乐器的特性……好在目前看来，你对这些还是有兴趣的。

其实所谓专业和业余的最大区别在于，专业的领域里必须学很多作为业余爱好者不必了解的知识，还有专业的技艺，有些是你喜欢的，有些是你不喜欢的，不论喜欢与否，你都得坚持学习

和练习，像一个手艺人一样地坚持在若干年中只做一件事。尽管会枯燥会无聊，会有很多时候卡在瓶颈中，但你不能放弃，只能坚持。

好在老梅早早地领略了你的专注和认真，你是一个吃苦耐劳的人。每次看着你穿个小裤衩，光着膀子埋头创作，一坐七八个小时的样子，老梅心里有点怜惜，毕竟你还是个未成年人，但同时又很欣喜，你是一个可以跟着热爱走的人。你的执着和坚持，加上你的聪慧，可以帮助你在专业的道路上走得很远。

恭喜你的选择，相信你的坚持，还是那句老话，无论你做什么样的选择，老梅都会一如既往地支持你。

老梅

14. 嘿，青春期！

王尔清从一个奶声奶气的小孩，长到一个风度翩翩的小伙子，这个成长过程仿佛是转眼间的事。初一去了趟英国，两个多月之后回来，便已是一副公鸭嗓子了。老梅每次听见他说话都想笑。

尔清比同班的同学都小一两岁，他的同学很多都已经是身高一米七八的彪形大汉了，但他看起来还像个孩子。老梅问他："你们同学晚上熄灯后上了床，还没睡着的时候会聊些什么？"

尔清说："我大部分时间是钻进卫生间里写曲子，不太愿意和他们讨论那些事。"

"哪些事？"老梅明知故问。

"就是那些事呗，你别装了，你知道是什么事的。那些男生总爱说，晚上梦见谁了，还有把哪个女生拉进小树林里了，反正说来说去也没有什么新鲜的。"

这个时候，他的同学们已经十四五岁，应该是到了所谓的"发育期"，记得老梅那会儿对这个词特别敏感，还有各种糊涂可笑的情境，比如，男生坐过的椅子就不敢再去坐，据说那样会怀孕……想来尔清和他的同学们也会有各种疑惑。他们应该也开了生理卫生课，男女分开来上课，但男生们上课的时候一直在狂笑，根本听不清老师在说些什么，而且老师似乎比他们更羞于开口，埋着头把课本快速读一遍，然后就说："你们自习吧。"

去英国的时候，尔清和一群同学去一个两元店，有一个女同学想买橡皮，就指着一个小盒子说要买，但那个店员却坚持要女生出具年满十六岁的证明，原来盒子里装的不是橡皮，而是"那东西"。尔清把这件事当成笑话说给老梅听，老梅问："你明白这件事情隐含什么意思吗？"

尔清说当然，要做"那件事"必须到十六岁之后，我们那些同学都明白。

老梅想对于男孩子青春期的问题，本该是父亲给他上的一课，老梅作为一个"兼职父亲"怎么来完成这件事，想想，还是帮他找本书来读吧。

于是上网查了各种书，并买来细致地研究了一遍，最后选出了一本英国人写的《嘿，青春期！》。这本书分正反两部分，一部分是给女生的，一部分是给男生的，图文并茂，实用而细致，包括女生该如何选择胸罩一类的事都有详尽说明。对于男生的各种生理问题也有比较详尽的回答，想来对于尔清这样的孩子也是够用了。于是老梅郑重其事地把这本书交给了尔清，让他抽时间认真读一下。

进入初中，班里的同学和小学时完全不一样了，有的会偷着抽烟，还有的开始炫耀各种名牌。

名牌这件事对尔清没有诱惑力，曾有男生在他面前晃着脚展示刚买的耐克——瞧，名牌。

尔清看了他一眼，问道："你是名牌吗？"

于是他的同学很没趣地走开了。尔清讲到有同学开始抽烟，老梅问他要不要尝一下烟的味道，想要的话老梅可以买包好烟让他试抽一下，尔清同学表示完全没有兴趣。

眼见青春期里同学们各种"反叛"和"激愤"，尔清似乎一直保持着比较平和的姿态，有时候老梅不解，问尔清："你们同学都那样强烈地要求独立自主，闹'青春期综合征'，你怎么什么反应也没有啊，为什么？"

尔清道："他们要独立，要反叛，无非是要争取自己的权利，要自己做主，但这些我都早已有了呀，你什么事情都让我自己做主。我自己做的选择，为什么还要去逆反，这不是自相矛盾吗？"

对呀，老梅一下子也觉得挺欣慰，尔清同学又补了一句："希望你的更年期像我的青春期一样平静。”好吧，我争取。

智慧小贴士59

◇ 青春期是一个乐于尝试、要求独立的时期，彰显个性成为孩子们的重要诉求。假如你早早把本应归于孩子的权利交给他，由他自己当家做主，他的青春期反应就不会那么强烈了。

梅想到

15. 每月一次的父子相见

父母离婚之后，如何调整和父亲的关系，对尔清来说需要时间和过程，对我们三个人来说，这都是一门功课，得好好学习。

古鲁之前承诺的给尔清写信一事并没有兑现，每月一次的见面变成尔清越来越厌烦的事。最初一段时间，每次见面，古鲁都把尔清叫到他的住处，然后集合一群人让尔清表演钢琴一类的才艺。

有一次，尔清又气恼地回来了，老梅看他不高兴，便问怎么了。

尔清道：“他以为他是在耍猴呢？找一群人在那儿看热闹。”

老梅想，是应该和古鲁谈谈了。于是，老梅给古鲁发短信，希望他每次和儿子见面的时候能考虑一下儿子的意愿，最好能根据儿子的想法来安排。

古鲁一开始还在说父亲的权利一类，想要给朋友展现儿子优秀的一面。

老梅说：“儿子的优秀与否是不需要别人来论证的。难得的见面时间，本来是要你们之间互相沟通的，与他人有什么关系，尔清不愿意见那些人，为什么要强迫他见？”

古鲁有点诧异：“他在这里不是挺开心的吗？”

老梅说：“他不是照顾你的颜面吗？”

于是双方达成共识：每次见面的内容由尔清来定，听音乐、看电影或是听音乐会什么的，有外人参与提前通知，看尔清是否愿意见，然后再定。

接下来的日子相安无事，各自欢喜。

生活里总会有点新的因素渗透进来，没多久，古鲁找了新的女友，按照他的意图，他很是希望做出一种“和谐景观”来，老梅问尔清的意见，要不要见见“老爸的女友”？尔清坚决地说：“她跟我有什么关系？不见。”

老梅细细琢磨这事，对尔清来说，可能把这些关系处理得越简单越好。假如他去见了这人，回来后对老梅是说还是不说，说吧，老梅听了肯定不舒服，不说吧，老梅还以为他和这人之间有什么承诺，还是不见得好。

把一切关系理清楚之后，彼此之间的相处反而更加轻松愉快了。

进了高中之后，尔清买书买碟的费用大大增加，老梅规定了他每月的费用，他觉得不够，便会去打古鲁的主意。刚开始老梅还睁只眼闭只眼，但之后的口子越开越大，老梅觉得在用钱问题上还需要明确和节制，于是再次和古鲁谈判，希望下次尔清向他求助买书的时候，他能跟老梅通个气。老梅告诉古鲁在尔清零用钱上的原则，尔清如此向父亲索要，父亲能给，他当然高兴，父亲要是不给的话，反而会累积双倍的怨气，得不偿失。

古鲁也是个明白人，道理一说就通，后来尔清也不再向他“求赞助”，而古鲁每年则会自觉给尔清买一些他觉得孩子应该需要的“大件”，比如作曲专用的苹果电脑，或是效果较好的音响一类的东西。

渐渐地，古鲁每月来看尔清的时候，更多的是尔清给他推荐音乐，讲述最近自己听音乐的体会。然后古鲁再按照自己的理解说一番体会，这样看上去，父子俩每月的见面倒是很像一堂音乐欣赏课呢。

智慧小贴士 60

◇ 父母孩子三方关系应有一个基本规则。

◇ 在处理父母的关系中切忌互相抱怨对方，恶意攻击反而把父母双方的格调都降低了。

◇ 不要对人性存太多的幻想，在孩子未成年之前宜把关系简单化，孩子成年之后可以选择自己的交往方式。

◇ 对孩子的关心宜透明公开，防止孩子耍小聪明，利用矛盾争取不正当的利益。

梅想到

16. 为荣誉而战

尔清 4 月底考完中央音乐学院附中，5 月重返原校准备即将开始的中考，已经三个月没有摸过文化课的课本了。第二天就是海淀区的“二模”考试，王尔清同学只拎了一个笔袋进考场，却不料想，他如此淡定地考了全班第十七名，其中数学成绩考得比数学课代表还高。于是，全班“炸锅”

了，因为按照之前老师的规定，成绩低于王尔清的同学都得被罚。

对于这样的成绩，老梅和老师们一样觉得奇怪，但尔清却说，这有什么好奇怪的呢，放松了，自然也就考好了。

私下里，尔清对老梅说："我要为荣誉而战，当了两年多'差生'，现在是最后的机会证明我的智商了。"

老梅哈哈一乐，随你高兴。

因为尔清已经通过了中央音乐学院附中的考试，而且学籍也已经迁到另外一所学校了，老师宣布，王尔清可以根据自己的需要来安排时间。

但这时，尔清同学却来劲了，他不仅认真上课，而且参加每次考试，再也不考倒数第一了，每次考试总有一批同学面临被罚。尔清的成绩成了大家最关心的事，甚至有同学私下求尔清："大哥，求你了，别考那么好行不，你已经解放了，我们还正在受苦受难呢。"

老梅有点奇怪，为什么他的成绩一下子能奋起直追这么多？

尔清说："其实很简单，现在专心了，没有人管我了。不像以前，做数学的时候脑子里还在想，我的作曲怎么办，来灵感了，作曲的时候还想着，我的数学作业还没做呢……现在这样，我想做什么的时候就专心去做什么，老师对我没什么要求，我自己反而对自己有了要求，这样当然就能专注地做好了……"他又得意地笑着说，"你是对的，你一直相信，你的儿子一点都不笨。"

老梅一向没觉得分数有那么重要，对尔清说，假如这样的学习能让你学到东西，你还很愉悦，那就行，千万不要被那些分数迷惑。以前你考低分可以不在乎，今天你考了高分，依旧不在乎，那才是真正意义上的“平常心”。

尔清道：“我明白，这种学习让我的自信心更足了，对自己有了把握，我想做的事一定能做好。你放心，你儿子知道哪些东西更重要。”

就这样，在初中三年的最后半年里，尔清同学一跃成为“半优生”了。对一切“烧脑”的知识有了兴趣，有时甚至会在家里弄一两个化学、物理的小实验，还开始读天文学的书了。

随心所欲地学习，按照自己的需要来学，打破了分数和应试的程序，学习的积极性反而会被充分激发。世界上有没有一所这样的学校，可以让学生完全按照兴趣来学？

智慧小贴士 61

◇ 自主学习总会创造奇迹，只要有乐趣，他自己就会寻找解决问题的方案，动力系统能量充足，万事皆有可能。退一步海阔天空，我们的老师和家长有时也可以放开手的。

梅想到

第五章

专业之路

由热爱走向专业，这是一条宽阔而令人愉悦的途径，而对未来人生而言，沟通重要，认识并恪守规则更重要。妈妈是那个规则的讲解员，明确规则也让孩子的未来之路更安全。

1. “艺考”背后的账单

之前老梅从没仔细关注过“艺考”这个领域，一了解便吓了一跳，要论起来，其中竞争的残酷性可要比常规的中考大多了，而且投入成本也极高。

那天经一位朋友介绍，我们去拜访了一位著名的作曲家，也是一所大学里的领导，朋友介绍了尔清的情况后，领导转身问老梅：“你们家的家境怎样？”

老梅一愣，随即点点头：“只要能考上，钱没有问题。”

那一次见面一直令老梅不爽，觉得这位领导如此势利……但是，一年之后，尔清考上中央音乐学院附中后，老梅才明白了这位领导的一番苦心。要培养一个学艺术的孩子，代价是极大的。没有足够的思想准备和经济准备，轻易投入艺考中，是一件极危险的事。

尔清之前没有经过系统的音乐训练，跟着王宁老师学了差不多一年的和声学，钢琴课也是有一搭没一搭的娱乐式学习，以兴趣为主，视唱练耳本应该是“童子功”的训练，而对于专业作曲，秦老师用的是大学里的教育方式，也不是专业艺考的路子，当下必须另请一位老师来上作曲专业课。于是，尔清用了差不多大半年的时间，开始加速补课。

作曲、钢琴、视唱练耳，还有一门其他艺术课，尔清选了京剧，四位老师每周一到两节课，每节课的费用在八百元到一千元不等，如此算下来，这个费用就接近二十万元，真不是一般家庭能承受的。之前老梅想着，只要尔清能开心地学习自己喜欢的东西就好，从未算过经济账。但是进入这个“圈子”之后，在等孩子上课时，家长们都会在一旁讨论老师们的“性价比”，探讨哪个老师辅导的成功率更高。

家长们给孩子树立的榜样是郎朗，当年郎朗父母的各种招数，考生们的家长都研究过。刚开始老梅还试图从这些考生的家长身上学点什么，毕竟他们为了孩子的艺考做了多年准备，不像尔清和老梅，蒙着头就闯进来了。但是几次交流之后，老梅越来越害怕和他们相处，因为老梅觉得如果要用那样的方式和代价把孩子送进音乐学院，那我们宁肯自己在家自学了。

尔清对这一切倒是很淡然，虽然那位教视唱的老师和他们的化学老师一样刻薄，但他还是潜心在自己的世界里，总想着用一种自己的方式来训练自己的听觉能力。而老梅则仍会不时地患得患失。

总听到家长们相互打探考前“打点”考官们的费用和礼品。老梅心中的愤怒和忐忑更加剧烈，回家问尔清：“家长们都在说‘打点’考官的事，你觉得我们需要‘打点’吗？”

尔清说：“决不！”

老梅问：“那要是考不上怎么办？你会抱怨老梅吗？”

尔清道：“考不上就明年再考，或者干脆不考，去国外上，或者不上。要是因为‘打点’而考上的话，我会羞愧一辈子的。”

好吧，这样一说，尔清真是老梅的定海神针呢，看似漫不经心的背后竟如此斩钉截铁。

专业考试一轮又一轮，每一次发榜，都能看到一些人欢呼雀跃，一些人哭倒在地。那些人很多是不遗余力、全家人倾其所有地供着一个孩子来学“艺术”，这是一家人的希望所在。这些学艺术的孩子，从三四岁起就天天以练琴为生，牺牲了童年的许多乐趣，不管有没有天赋，只要踏上这条路，就是荆棘丛生啊。从七八岁起，那些孩子特别是学器乐的孩子，每天少则三四个小时，多则七八个小时，许多还是牺牲了文化课的学习时间来学艺术的。老梅看到有许多外地的孩子，周末一大早赶到北京来上课，家长们每堂课都会认真地录像，回去之后再反复训练。中央音乐学院附小每年录取的孩子不会超过十个，而全国各地来报考的有上千人。人力、物力投入得越大，期望值也就越高，为的是成为郎朗、李云迪那样的艺术家，要是以这个为目标，成功率应该比中亿元彩票更低吧。

但是不管怎样，历经各种惊险，尔清九死一生地考上了。其实，老梅知道这条路需要付出更多努力和艰辛，不过，只要尔清真心喜欢，老梅也就必须勇往直前地配合了，母子俩共同在音乐的羊肠小道上欢快行进吧。

智慧小贴士 62

◇ “从艺”之路颇为险峻，艺考之难匪夷所思，考上了还只是第一步，等于耗费大量财力将人们的期望值又拔升到了一个相当危险的境地。万千学子，能够成名成家的毕竟只是少数。

◇ 音乐是生活中美丽的篇章，在业余生活中会怡然自得，一旦变成生活的主要部分，将来还要以此为业，还需三思而行。

梅想到

2. 首次个人专场音乐会

在准备艺考的同时，尔清在筹备着自己人生中第一场个人音乐会。2011 年的暑假，尔清跟着秦文琛老师回了一趟内蒙古老家，在鄂尔多斯草原上好好地体验了一把自然的魅力，他在这里听秦老师讲个人的成长史，如何从一个牧童成为一名二胡演奏员，再自学作曲到留学欧洲……尔清给秦老师的故事起了一个名字叫《牧羊少年的音乐圣途》，与此同时，他写了一部大型的管弦乐作品《原上》。秦老师他们看完作品都一致叫好，建议找一个时机把它演出来。

本来对于尔清从现在开始就进入专业领域的学习，老梅没有太大的把握，于是便和老师们商量，是不是可以开一个他个人的专场音乐会，让专家们看看他这方面是否具有专业素养。最起码以后进入专业领域后，比起那些三四岁便专业学习钢琴、小提琴的音乐世家的孩子，在心理上没有弱势群体感。

中国爱乐乐团的指挥，也是中央音乐学院 EOS 乐团的指挥夏小汤老师愉快地接受了邀请，他本以为这个不到十四岁的孩子的作品应该是很简单的，但拿到总谱之后，不由得大吃一惊："不简单啊！……"一场音乐会排练下来，要比上一个学期的专业课都管用。于是，这场音乐会便成了尔清的第一次实战演习。

音乐会邀请了周海宏教授来担任主持，他为这次音乐会的节目单写了一篇序。多年以后，老梅再看，还是觉得挺有意思的，全文抄录如下：

今天晚上的音乐会中，上演的全部是王尔清创作的作品。他今年十四岁。

我是前年认识他的，此前他学过钢琴、小提琴、单簧管、次中音号、打击乐，也已经开始向王宁老师学和声。他还拿了一些自己创作的曲子给我看，“作品”包括钢琴独奏、弦乐四重奏，还有管弦乐。我的直观印象是，虽然没有接受过太正规的音乐教育，但他对音乐的巨大热情，让人感动；而他了解的作曲家之多，听过的作品之多，所听作品之艰深与复杂，甚至远远超过一些专业音乐学院作曲系的研究生、博士生！这是让我真正感到惊奇的。

王尔清对音乐创作有着狂热的兴趣，而兴趣背后往往意味着“天赋”，但天赋仅仅是成才的必要条件，而不是充分条件；成才的人一定要有天赋，但有天赋的人不一定会成才，对于作曲这样高度专业化的行业而言，单靠激情与朴素的感觉是不可能达到专业化水平的，于是我推荐王尔清跟秦文琛老师学习作曲。

有许多早年表现出很高天赋的孩子，一旦接受了专业化的训练，很快就变得平庸无奇。我见过几个很有美术天赋的孩子，在接受了正规美术教育后，变得越来越平庸；我见过更多很有音乐天赋的孩子，在接受专业器乐教育后，变成了“学了一门技术，恨了一门艺术”。让人高兴的是，王尔清在接受了王宁老师和秦文琛老师的专业化指导后，不仅有了更强烈的创作激情，而且迅速显示出了专业化的水平。

与那些伟大的作曲家相比，王尔清无论从开始创作的时间，还是接受正规音乐教育的时间都不算早，但他在跟随秦文琛老师学习作曲后，其进步的速度之快，是令人瞠目结舌的。一年多前，他第一次拿给我看的那些“作品”，还只能证明他有创作的欲望与冲动，此后每次见他，都有“士别三日当刮目相看”之感，而他现在的作品，已经是不仅想象力丰富，乐思泉涌，而且从技术上也已经相当专业，全然不像一个十四岁的孩子，更不像一个刚刚学过一年多作曲的孩子。

真正让我感动的，是王尔清的母亲袁梅女士，她为孩子提供了成长所需要的最好的土壤：尊重与理解、鼓励与赞许、引导与支持。家长不应为孩子树立理想，而应为孩子找到理想；不应要求孩子做什么，而应引导孩子做应该做的事；不应强迫孩子做什么，而应鼓励孩子做他自己想做的事。在这样优良的成长条件下，办自己的影展，出自己的文集，开自己的音乐会。家长帮孩子所做的这一切，不是在展示教育的成果，而是这一切，本身就是教育的组成部分。让孩子在这些活动中体验快乐，体验成长，而这一切又为孩子更大的进步提供了巨大的动力。

且不论王尔清将来会不会成为一名作曲家，现在的问题是：目前他对音乐有着狂热的兴趣，对作曲有着强烈的冲动，而且在迈向专业作曲的道路上进步神速。但愿这种激情能够持久，但愿这场音乐会后，王尔清能够在实现自己理想的道路上取得更大的进步。

尔清的这场音乐会在2012年3月24日举行，中央音乐学院附中的音乐厅里座无虚席，人们很好奇，一个十四岁的孩子的交响音乐会将是一个怎样的呈现，其实那时候他准确的年龄应该是十三岁半。

王尔清同学用自己的音乐会开启了自己的下一个专业音乐历程。

智慧小贴士 63

◇ 当时令人记忆深刻、饱受好评的音乐会作品，尔清很快就不愿意再提起，觉得作品还是比较幼稚，毛病很多。尽管如此，这场音乐会还是让他学到了许多东西，交流、合作、诚恳、注重细节，一场音乐会之后，尔清和老梅都意识到，要学的东西太多了。

梅想到

附信：

关于教养的一些事

亲爱的儿子：

24号那天的音乐会空前成功，各种鲜花和赞扬纷至沓来……祝贺儿了，你生命里的第一场大型音乐会令人印象深刻。尽管如此，我还是想和你说说这场音乐会从排练至演出，我感受到的另外一方面的问题，关于教养，关于如何合作。老梅发现，这么多年来，一直没有系统地和你谈过教养和与之相关的问题，平时有一些零星的提及，但是缺乏系统性，在这个过程中，你没有犯什么大的错误，但有些不太好的苗头，还是应该提请你注意。所以，老梅今天决定和你好好地谈谈教养这个问题。

老梅理解中的“教养”就是不给别人造成麻烦，不使别人难堪，它是一些自觉的行为，经年累月便形成了习惯。老梅为此搜罗整理了一堆各种关于教养的说法，一条条过滤后，罗列在这里，作为我们共同的行为指导。说实话，在此之前，我们所受的教育中，并没有确实具体的指导，我们只能自己探讨并实行着，让自己渐渐变得和善、亲切起来，成为一个和谐的人。我们今天把它说得具体一点，大致有这样一些方面：

一、人生的基本态度方面

关注他人，尊重他人的存在。这是要注意在公共场合的秩序，比如，不插队，今后开车的时候，也要认真遵守交通规则。

爱阅读，保持终身学习的习惯，广泛的阅读能令你胸怀更宽广。

有耐心，懂得控制自己的情绪，保持淡定的心态有利于在关键的时候保持自己的理性，从而能对事情做出正确的判断。不要被愤怒、嫉妒等不良情绪所控制。

看着别人的眼睛说话，保证自己坦诚的处事方式。

不管什么样的事情，都要用乐观的态度去处理，凡事向着好的方向去想，不管是人还是事。很讨厌一句中国俗话：害人之心不可有，防人之心不可无。这种“防人之心”会让我们的许多判断和合作平添纠结。老梅主张，充分地信任你的朋友和合作伙伴，一旦对方犯规，然后再下判断，是否和这个人再交往，同样的错误不犯两次就行。

不要随便要求别人给你行方便，教养的一个衡量标准就是是否给人添麻烦。我们要遵守共同的规则，不要随便利用朋友或是熟人给你特别的关照。用“开后门”的方式处理事情其实是弱者的表示，假如还借此炫耀这种能力，那就接近无耻了。

尊重他人的意愿和意见，不要让人勉为其难。也许很多时候你是“出于好意”，但对方并不接受，这个时候坦然面对就是。不要用“我是为了你好”之类的原因来强迫对方按你的意见行事，你不是他，所以即使意愿再美好，也必须尊重对方的选择。

尽量与人方便，一些看起来的举手之劳，可以帮助人们的生活和工作变得更加温暖和轻松。

遇到和自己的想法不一致的邀请或是其他，可以明确表明自己的态度，对于不合理的要求可以明确说“不”，在这些事情上千万不要暧昧，你明确态度了，也方便对方及时做其他的选择，千万不要以为你是对方唯一的选择。

爱护环境，善待动物。你我对小动物好像都没有特别的热爱，我们可以离远一点，但是千万不能伤害。爱护环境也是一种教养，随手关水龙头，不乱扔垃圾，让你周边有一个清洁的环境。

在与伙伴的合作中，一旦发生问题，要勇于承担责任，保护自己的伙伴，不推卸责任。认真总结事情的来龙去脉，搞清楚问题所在，不重复犯错就行。

二、日常行为方面

从小到大，似乎没有哪一位长辈认真地给我们讲过餐桌礼仪，只是有一搭没一搭地说一些，这么多年来，你的其他方面表现还不错，但是有几点还得强调：餐桌上不浪费，不酗酒，对于服务生的服务勤说“谢谢”，还有，千万不要在餐桌上埋头玩手机。

保持身体的整洁，这种良好的习惯会令你变得更加阳光灿烂，保持良好的身体状态会让你的自我状态也变得更好。

尊重他人的时间，守时也是一种美德，某名人说，无缘无故地浪费别人的时间，和图财害命没有什么两样。有约会或是活动，一定要守时。

保持绅士风度，女士优先，比如给女生递上一瓶饮料的时候不忘把瓶盖拧开。

遵守公共场所的规章制度，安静，离开会议室或是图书馆的时候不忘把椅子归到原位。

公共环境中礼让、不争，进出门的时候，如果后方有人，记得扶一下门。

做一个受欢迎的访客，没有预约不贸然闯入别人家，即使是最好的朋友，也要预约。而假如是你预约的客人，一定要认真接待，不能怠慢了客人。

和长辈或女士出行时，尽力为长辈或女士提行李并做好其他关照工作。

记住，能帮人时就帮人，不要惜力。

三、好好说话

这是看起来最简单，但做起来却特别难的事，语重语轻，如何把握分寸，这是一辈子的学问。很多时候，衡量一个人有无教养，很重要的一方面就是听他说话。

说话的时候一定要看着对方，这是你内心坦荡的表示，眼神坚定，不躲闪。再说一遍，绝对禁止撒谎，有些事情，你可以不说，但不可以撒谎。

看见熟人、老师、邻居、家长等，都要主动打招呼，不要因为别人不理会你而放弃了自己的风度。

记住礼貌用语，经常使用它们能使你的心态变得更淡定，风度也更迷人："谢谢，请，对不起。"

保持安静，两人交谈时，音量尽量保持在不让第三人听见为宜。

不打听别人的私事，不评判私人的作为（对于一些社会现象基了自己的良知而发声是另一回事）。公共活动时尽量避开私人问题，八卦只是一个谈资而已，你并不缺少它。

开玩笑要适度，不要拿别人的生理缺陷开玩笑，也不要热衷于性笑话，那样容易使在场的其他人尴尬。

发现别人的优点并及时表扬，欣赏别人的美好会让自己的生活多一缕阳光，善于发现别人的优点，也会使未来的合作更加愉悦，而且会让自己找到学习的快乐。这样的美事，何乐不为呢？

坦然面对批评，有则改之，无则加勉，不用文过饰非。

总之，语言温和加上适度幽默会让你成为一个自己坦然、别人也舒服的人。

教养是一种日积月累的修为，一种身体力行的宽容，做一个有教养的人和做一个有创意的音乐家的难度是一样的，好的教养能让你在今后的创作和合作中保持一个比较好的态势。当教养成为一种浸透在骨髓里的东西，成为一种习惯时，你的音乐道路也会更加宽广的。

老梅

3. 牧羊少年的音乐圣途

跟着秦文琛老师去他的老家鄂尔多斯时，尔清在草原上听秦老师讲述自己的童年往事，听着秦老师从一个小牧童到作曲家的成长故事，尔清突然感受到了音乐的神圣。

秦老师世代是牧民，当时家里有六个孩子，他排行第五，在非常贫困的环境下长大。但是，他的父亲是当地的三弦高手，农闲或是冬天的时候，大家经常围坐在一起听父亲弹琴唱歌。

九岁的时候，秦老师从亲戚家的孩子那里得到了一把自制的“二胡”，油漆筒做成的座，红柳做成的杆，马尾做成的弓，雷管线做成的弦，就是这样一把琴，开始了他的音乐之旅。手抄的琴谱，自我琢磨的指法，在放羊的同时苦练音乐，最好的老师在生产队的高音喇叭里，直到十二岁，才有了一把真正意义上的二胡，那还是挪用了大哥结婚的彩礼钱……就在那样的环境里，秦老师从来没觉得有什么苦，想方设法地接近音乐，自得其乐地沉浸在自己的音乐世界里。

要说起来，老梅从小似乎也是在这种环境里长大的，那个“困难时期”，大部分人都挣扎在生存线上，音乐是一件何其奢侈又何其提神的事啊。老梅也是进了初中之后才第一次看见钢琴的，就像秦老师十二岁才见到一把真正的二胡一样。那个时期的孩子，似乎都有一个文艺梦，简陋而灵动，笛子、口琴甚至口哨，最简单的乐器一样可以扮亮童年的生活。

秦老师就在那样的环境下学音乐，然后自学成了一名乌兰牧旗的二胡演奏员。在此同时，秦老师考了四次内蒙古艺校，前三次是考二胡演奏，最后一次是考作曲。在那个年代，一个草原农牧民的孩子考艺校，要和那些专业世家出身的孩子去竞争，也是一件难以想象的事，但苍天不负有心人，靠着几位“伯乐”的力荐，秦文琛终于成了一个“专业人士”。

在内蒙古艺校的几年里，他以无穷的勇气快速投入到专业的学习中，两年后，他的老师对他说："你应该有一个更广阔的天地，去北京或是上海吧。"

于是他毅然从内蒙古艺校退学，重新报考北京、上海的音乐学院，疯狂练琴，疯狂补课，最终同时考上了中国音乐学院和上海音乐学院。最后选择跟随著名作曲家朱践耳先生学习作曲，之后，又去德国留学……

在那个时代，秦老师凭着对音乐的痴迷和疯狂，能有这样的经历，真是不可思议。看着秦老师的家人从一个老柜子里拿出一堆秦老师当年抄写的谱子和课程，尔清的心里该是怎样的波澜？

尔清从2010年底开始跟着秦老师学作曲，他的学习和创作发生了根本性的变化。先是从电脑打谱改成手写，看着秦老师的手稿，尔清也开始整理自己，从前凌乱的桌面现在变得特别整齐，有条理，特别是他的谱面上，几乎可以和印刷品相媲美。正所谓榜样的力量，所谓身体力行。

秦老师是中央音乐学院最年轻的博士生导师，也是许多著名乐团的委约作曲家。他是个外表温和但内心热情似火的人，与人相处温文尔雅，玉树临风，是一条汉子，这种品性对尔清也是一个极好的表率。

尔清真是一个幸运的孩子，在刚刚走上专业的音乐道路时，便遇到了一系列"贵人"，他们之间的交往，完全没有什么权威人士的居高临下，反而像是朋友和同行之间的探讨。

秦老师有一种德国学派的严谨，在他的带领下，尔清的学习也变得更加规范和宽阔了。

老梅把秦文琛老师学音乐的故事写成了一本书，题目是《再高的云彩也有一把梯子》，对一个怀揣梦想的人，没有什么能阻挡他追梦的脚步。老梅从秦老师和尔清的一群恩师身上看到了人性的善良和对于才华的尊敬。希望尔清今后遇到需要帮助的有才华的孩子，也能像他的那些恩师一样识才爱才，能胸怀宽阔地欣赏一切才华，这也是一种文明的推动力量吧。

小贴士 智慧 64

◇ 对一个怀揣梦想的人，没有什么能阻挡他追梦的脚步。坚持不懈和自带能量的学习让秦文琛老师成为一位享誉国际的音乐家。在秦老师的调教下，尔清的创作也进入了一种全新的状态。

梅想到

4. 惺惺相惜的音乐少年

随着音乐学习的深入，尔清也遇到了很多“神人”，都是和自己年龄差不多的孩子。

2011 年年初，有一天，周海宏先生对尔清说，我给你介绍一位真正的“神童”。所谓“神童”或者天才的意思是说，他们在很小的年纪就达到了成年人可能一生都达不到的高度。现在被吹为“天才”的大部分孩子，其实只是“早熟”而已。你们先来听场音乐会吧。

于是我们去听了一场奇妙的音乐会——一个男孩刘珅的独唱音乐会。

这是一个刚过完十岁生日的男孩，还是北京实验二小的学生呢，我们在音乐厅的休息室见到了他，一个很瘦小的男孩，正在看着谱子哼唱呢。

尔清带了一首自己刚写的歌给他，他便开始试唱起来，一边唱一边说："真好听。"

在此之前，周老师给尔清上过几节音乐理论课，一再提醒尔清，要提高自己内心的听觉，可以试着写一些歌。于是，尔清便把自己喜欢的海子的诗谱了曲:《面朝大海，春暖花开》。

演出就要开始，看曲目都是高难度的歌剧咏叹调。

音乐会的主持人是周海宏先生，他简单地介绍了一下今天的演唱者和钢琴伴奏，然后……然后老梅就听到了一种天籁般的声音。

《亲爱的爸爸》《为艺术，为爱情》…… 一口气演唱了十多首这样高难度的曲子，而且气定神闲，老梅不由得对这个孩子的爸妈产生了兴趣，很想知道，怎样的爸妈才会培养出来这样一个天使般的孩子。

演唱会谢幕时主持人介绍了孩子的父母，原来他们都是中央音乐学院的教授，一个是研究歌剧的，一个是研究音乐学的，一个音乐世家。

据说这小子四岁的某一天，突然大喊了一句歌剧里的台词，然后就开始大段演唱，惊到了周围的人。那个年龄段，大部分孩子还口齿不清呢。五岁时他就开始在保利剧院、北京音乐厅等地正式登台演出了，和国外那些著名歌剧演唱家都有很好的合作。他也很热衷于发现，谁跑调，谁唱错了，这种不惧权威的劲，倒是和王尔清有得一拼。

他的最大爱好是在音乐学院听各种歌剧排练，偶像是张立萍女士。当时周海宏教授问他，你每练一首这样高难度的咏叹调需要几天？因为一个歌剧专业的学生一个学期也就练五六首曲子。刘同学回答说两天。

好吧，全场惊叹了。周教授接着问，两天中每天各练多长时间？

回答是：每天看一遍DVD。

好吧，也许这就是所谓的天才，他可以同时用英语、法语、意大利语和德语演唱。

面对这样的孩子，他的父母一定也要时时经受考验，必须有强大的心理支撑才行。

为了赶在他变声期之前留下一些音乐素材，古鲁出资赞助刘珅录制他的歌剧专辑。

他的爸爸刘红柱博士，和刘同学一起进录音棚录他的演唱专辑，时不时地会给他一个建议——这一段是不是可以这样唱……

刘同学理直气壮地回答，×× 是这样唱的，××× 是这样唱的，刘教授立马无言以对，只好说，那就按你自己的想法唱吧。

在录音现场，老梅仔细观察了他父母与他相处的方式，原来是那么淡定、从容。在专业场合里，刘同学绝对是权威和专家，他对演唱尺度的把握和控制，都是他自己说了算。但一下舞台，他便又成了那个淘气的小男孩。

之后刘珅和尔清成了好朋友，他经常来找尔清玩，玩的主要内容就是，拿出一本总谱来，说："我们今天来唱《图兰朵》吧。"于是一个弹琴一个唱，弹奏和乐器应有尽有，刘同学演唱了所有的角色，王同学担当了所有的乐队，老梅是唯一的观众。

这是老梅个人的专享音乐会，现在想起当时的情景还是很开心。这样的“游戏”他们一玩就是一天，然后俩人开始他们的“创作”。

附上周海宏先生写在刘珅《歌剧精灵》专辑上的前言：

2013年5月26日，中央音乐学院声乐系为他组织了一场独唱音乐会。在这场音乐会上，刘珅令人不可思议地连续演唱了十四首歌剧咏叹调，其中绝大多数作品都是业界公认的女高音最难的作品，没有人敢把这些作品同时放在一场音乐会上演唱。从纯技术层面，他的声乐技巧之高超、纯熟、自然，声音控制之精妙，令声乐系的大教授们称奇，令音乐学院的学生们惊讶、羡慕，而他的乐感与情感表现力也令许多大教授潸然泪下。

时至今日，没有任何人教过刘珅唱歌。他演唱的所有作品都是他仅凭听就学会的。类似于莫扎特歌剧《魔笛》中夜后的咏叹调《复仇的火焰》这样被称为女高音试金石的超难作品，他听上两三遍，从语言到音高、节奏、音乐表现就全部记住了，并且自然而然地就可以演唱了。其实六岁时，他就经常在各种场合唱这首作品以及许多令专业歌唱家都难以企及的超难作品。虽然他钢琴也弹得很好，但是他并不需要看谱，不管多难、多复杂的作品，最多听两三遍他就会背着唱了。就连现代无调性的音乐作品，他看着谱一遍就能够试唱下来，而第二遍再唱时就已经背下来了！刘珅的绝对音高也令人惊奇，不需要任何参照，他张嘴就能够唱出任何一个音，音高丝毫不差，其精准程度令人惊讶。

刘珅对音乐、戏剧有着令常人无法想象的敏感。四岁那年，他站在床上，突然用意大利语大叫一声："爱我吧，阿尔弗莱德，就像我爱你一样！"这是威尔第歌剧《茶花女》中女主角薇奥列塔著名的台词。

没有人要求他唱什么，也没有要求他不要唱什么，他最大的快乐是自由地、尽情地歌唱。

不为生存，不为荣耀，不为金钱与地位，更不为加分与排名，仅仅为热爱音乐而歌唱，我想，这是我们每一个成人需要向刘珅学习的东西。刘珅目前的理想是要成为一名歌剧导演，但谁知道他将来会成为什么？这些都不重要，重要的是，他现在爱歌唱，他唱了，快乐，我们听了，高兴。在我看来，这就是这件事最重要的意义！

愿我们成人在刘珅成长的过程中不要犯错误，让类似刘珅这样的天才在苦难中度过童年。在我看来，让一个天才不快乐，才是我们成人犯下的最大的错误！当然也正是这个错误扼杀了我们自己对孩子的梦想。

智慧小贴士 65

◇ 刘玾以及以后遇到的一系列音乐“天才”们，让老梅看到了造化的神奇，更令人感叹的是他们的父母对于这些才华所给予的引导和保护，珍爱才华和天性，孩子们的音乐之路才能越走越远。

梅想到

5. 音乐学校的天空任鸟飞

2012 年，王尔清同学考上了中央音乐学院附中的作曲专业，从此开始了一条专业之路。

因为是北京学生，就此结束了之前漫长的住校生活，开始每天正常上学放学，为了方便，家也搬到了离学校很近的方庄。

这是一所全新的学校，一群全然不同的老师和同学。那些同学，个个都是身怀绝技，许多都是从九岁就开始在中央音乐学院的附小上学，有的是初中，还有的是尔清这样高中才进入的。他们都是从同一条竞争道上一路拼杀出来的，要论起来，中央音乐学院附中也是人才济济的，平时艺术交流都是一个国际化的大平台，最不济也是中国各种艺术比赛的前几位。和之前的学校比，这里的学生们更加专注和简单，他们的道路似乎很早就已经确定了。

这里的文化学习似乎比初中要放松很多，前一个月都没看见尔清做课外作业，据说他们的原则是自愿，布置了作业，同学们愿意做就做，不愿意做就可以不做，作业交了老师就批，不做也没人催，一切以专业为重。

老梅刚开始还真有点不适应，但是看到尔清每天开心地跑进跑出的，也就不多想了，凭着中考之前的文化课底子，尔清的文化课应该是没什么问题的。倒是专业课，需要更多规范和学习，因为他的同学大部分是从初中就开始进行专业学习的，而之前他们都有着很好的器乐功底，他们的钢琴或是小提琴水准都要比尔清高得多。

尔清进入附中后开心得不得了，用他的话说是有了一群可以听得懂他说什么的同伴，还可以在一起讨论和交流，他的想法随时可以由同学们帮助呈现出来。

附中一个年级有三个班，不同专业的同学在一起上文化课，然后分开上专业的基础课，而专业课则完全是一对一的课程。尔清的专业课仍然请了秦文琛老师来上，这对于附中是个例外，尔清也是秦老师唯一的中学阶段的学生，因为他之前只在大学教课。

由普通学校的特长生变成了专业学校的普通生，王尔清同学历经了一个此消彼长的过程，而他和同学们一样都是忙得团团转。进入高中之后，整天跟那些专业技艺超群的同学在一起，不得不发奋努力啊。从前对练琴没兴趣的尔清每天给自己延长了练琴的时长，当然还是那种浏览式的练习。在附中更让他高兴的是可以参加中央音乐学院的大师课、乐团，还有，最令人兴奋的是那个图书馆，好像阿里巴巴发现了宝藏并掌握了开门的咒语，他不由分说地钻了进去。

因为没有文化课的拖累，他可以一心一意地搞创作，于是这个阶段他就进入了一个创作井喷期，不停地写，不停地找同学排练、演奏，那个状态真是令老梅愉悦甚至有点嫉妒。

有意思的是专业课的上法，一开始是每周两节课，后来自然而然地变成了一课，问尔清为什么，他笑笑说："上多了影响感情。"

老梅不解。尔清解释："我和秦老师上第一节课的时候都是在讨论我的作品，大家平心静气，秦老师分析得都特别到位。一般第二节课都是讨论我们最近听的音乐和喜欢的作曲家，我们讲着讲着就会吵起来。以前我听得少，许多东西都不明白，现在我有时间，听得越来越多，所以对很多曲子也有不同的看法，我们在艺术上都是特别执着的人，所以就会经常'碰撞'。"

我一下子对秦老师充满了尊敬，如此平等地和自己的学生讨论问题，决不以权威的姿态压制学生，真是个胸怀博大的汉子。尔清依然一如既往地追求着自己的追求。

那段时间，尔清经常做的还有一件事情，在网上和一些国外的作曲家交流作品的意见，和他们探讨一些作曲上的技术问题。他假称自己已经十八岁了，是一个准备报考作曲专业的音乐爱好者，那些作曲家很多都是欧洲艺术学院的作曲教授，便会向他伸出橄榄枝，让他到自己的学校来上学。老梅不明白尔清为什么要给自己加上四岁的年龄，尔清说，怕他们不愿意和一个"小孩"讨论问题。

于是尔清的年龄便经常在十八岁至二十岁之间游移。

小贴士 智慧 66

◇ 这是一段舒心、自由和疯狂创作的时期，和一群同样热爱音乐的同龄人在一起，生活、学习和讨论的主题都是音乐，有了创作灵感随时可以和小伙伴们一起演练，真是青春飞扬的一段日子啊！

梅想到

6. “钢伴十八郎”的社交哲学

进入中央音乐学院附中之后，尔清每天的生活都围绕着音乐进行，真是不亦乐乎。相对于那些三四岁就开始练琴，八九岁就进到附小附中的孩子来说，尔清的专业基础算是较为薄弱的，为了发愤图强，尔清开始用自己的方法进行专业的学习。

除了常规的学习之外，还有一个很好的方法——钢琴伴奏。

附中学生的专业考试课程中经常需要一位合作者，主要的伴奏方式是钢琴。

刚开始是楼上一位附中初一吹单簧管的男孩请尔清做钢琴伴奏。每周会有一两次的合奏，之后开始有本班同学请求配合。再后来，尔清和同学们组织了一个乐队，他担任键盘手，而且连班级的年会这类的活动表演节目时都会由尔清担任钢琴伴奏。

老梅有点好奇：“你们班有那么多钢琴专业的同学，水平都应该比你高，为什么他们都让你来合作？”

尔清一笑，没说什么。于是趁着同学来家玩的时候老梅便请教他的同学——为什么同学们都愿意请尔清担任钢琴伴奏而不请钢琴专业的同学来担任。

同学们笑着说，不是能弹钢琴就能担任钢琴伴奏的，这需要很强的观察力和表现力，知道怎样配合。而且尔清的配器能力十分了得，他一个人把改编、配器、伴奏等好多活儿都包了。那些钢琴独奏的都是绝对的主角，他们不会考虑别人的需求，而伴奏是一个甘当配角的，但是又有整体的要求，也不能出问题，否则会让同伴无法表演，所以，这是一个绝对的技术活儿，只有尔清这样好人缘的人才能担任。再有一点，现在担任伴奏的同学都是要收钱的，只有尔清，不光不收钱，态度还好，随叫随到。

于是，尔清每到学期末的时候就特别忙。第一学期还只有两三个，第二学期就有十多个了；到了第二年，一学期末差不多有将近二十个钢琴伴奏任务。只要自己的时间排得开，他都会尽量配合，于是就有了一个响亮的外号——“钢伴十八郎”。

而对于钢琴伴奏这件事，尔清的考量似乎还不止于此。在他看来，其好处应该更多。一来是可以更加准确、细致地了解各种乐器的特点和演奏技巧，在他合作的同学中，各种乐器都有，小提琴、大提琴、低音贝斯、单簧管、大号……这么近距离地了解各种乐器是一个作曲家必修的功课，在为同学伴奏的同时，他也在向每个合作者学习这些乐器的课程，其实是一个互相帮助、互相学习的机会，这对于之后的创作是极为有用的。

还有一点，作曲家的作品，不是靠一己之力就可以完成的，必须有一个充分的合作机会，你在平时不帮别人，别人怎么会来帮助你？因为有之前的合作，所以有新作品的时候，邀请大家来帮助演出时就会特别轻松；因为平时的交流和“交情”，大家都会愿意配合你排练、演出，愿意倾听你关于作品的想法和主张，所以你的作品也可以最大限度地得到呈现。

想来这些都是秦老师的言传身教，他就是一个特别和善，特别愿意倾听和交流的人，而且几乎大事小事都会去做。秦老师总是教导尔清，艺术家可以内心炙热，可以狂放不羁，但是在个人行为和修养上，一定要周正，要乐于助人，你尽可能地帮助别人，别人才会来帮助你。

所以，每到班级或是学校开音乐会的时候，尔清都会是一个积极的志愿者，从翻谱员到场工，只要自己看到了，立马就会动手去做。

把每一个帮助别人的过程变成自己的学习过程。有同学排练作品，同班的指挥同学不能指挥，尔清便帮助他们排练，把作品完成之后再交给指挥。“多一次学习和练习的机会，多好！”

“钢伴十八郎”的生涯，对于尔清来说，也是一次次积极而开心的求学过程，在交流中学会交流，在助人中得到人助，音乐的世界里就是这样和谐。

智慧小贴士 67

◇ 一个作曲家是需要通过合作来呈现他的创作灵感的，一个作曲家也需要全面了解各种乐器的音色和特点，为不同专业的同学当钢伴，既是学习又是助人，真是一举好几得呢。

梅想到

7. 恋爱前规则

关于孩子恋爱这件事，可能是一生的话题。从不到两岁进幼儿园就有女生提着一块手绢对尔清说："你真帅啊，想死我啦！"之后，历经小学和初中，恋爱这件事被反复地提起，老师家长各种"预防针"，说实话，老梅对老师家长的这种反应过度是极为头疼的。在老梅看来，这件事情是成长发育过程中必经的一课，老师和家长们要做的是关心、引导和帮助。老梅主张在这件事情上一定要以一种顺其自然的态度介入，千万不要大惊小怪。

在老梅看来，恋爱这件事情对于成长中的青少年是一件极好的有养料的事，是一件可以把互相促进和学习放到阳光下的事。

记得侄子在中学毕业的那年，也就是高考前夕谈了一场恋爱，之前成绩一般的侄子对学霸女友说："你信不信，高考我一定会比你多考十分。"

为了这个夸口，侄子开始奋发图强，之前两次模拟考试都是 500 多分，但是高考时考了 600 多分，按自己的意愿考到了北京，而那个女孩发挥正常，但还是没有赶上侄子的成绩，留在了江苏。他们这种"恋爱关系"随着两地分隔，也就自然中止了。很欣赏我二哥在这期间的理性姿态，不像一般家长那样“一骂二哭三隔离”，反而让孩子自己去判断其中的得失。其实孩子们想得并不多，这个时期的孩子，想要的“恋爱”，无非就是在父母之外找到另一个谈话的对象，他们对未来并没有那么多的设定，而我们家长经常一发现就惊慌失措，仿佛今天谈个恋爱明天就要结婚似的。

在老梅看来，为什么孩子们一旦恋爱就会成绩下降，主要原因是他们想方设法在躲避家长和老师的围追堵截，于是便有各种凌乱。

尔清在初中的时候，也遇到过一个女孩的疯狂追求，勉强谈了一个月，觉得那个女孩太过黏人，影响他的创作，然后就和平分手了。之后，女孩又和另一男生恋爱，女孩家长发现之后，天天对着女儿控诉，然后到学校一番闹腾，弄得女孩整天以泪洗面。

进入附中，尔清同学很快陷入了女生们的各种包围，记得那次他开音乐会，结束后有个女生过来问老梅：“阿姨，你觉得尔清今后还能长高吗？”

老梅很惊讶这孩子的直接，但还是觉得很可爱，于是便告诉她，尔清的父亲身高一米八，你们自己判断一下呗。又问她为什么会关心这个问题。女孩爽朗地说：“你看我这么大个儿，总得般配吧。”老梅仔细打量了一下，乐了，真是个女汉子啊，她的身高应该在一米七以上吧，而尔清当时的身高还不到一米六五。

进入高二了，尔清终于被一个女孩追到手了。因为离学校近，女孩主动来老梅家给老梅做饭，老梅在微信上秀出了女孩的照片后，被朋友圈里的一群真假朋友抨击了一通，于是老梅写下了这样一段文字：

对于尔清谈恋爱这件事，老梅是欣慰并且关注祝福的，不止一位朋友对此提出异议且叮嘱要制止，老梅在此说说个人看法……

有人说十六七岁谈恋爱属于早恋，老梅不这么觉得，恋爱不分早晚，一岁恋到一百岁。为什么宝玉黛玉十三四岁谈恋爱可以成为千古传奇，现在十六七岁的孩子谈恋爱就是大逆不道？谈恋爱这件事就像雨后春笋，就像蛹变成蝴蝶，它总是要来的，没有人能挡得住；再说了，这么美好的事情为什么要挡？在爱的过程中学会爱，并将这份爱传递给家人朋友和周遭的一切，这是多么美好和幸运！

有人喜欢老梅的儿子，这让老梅有成就感，也感到轻松和愉悦。爱的接力棒更好地传递下去，更多的交流和善意的指点可以让自己的儿子和人家的女儿也感受到这种爱和温暖，让他们彼此珍惜和彼此尊重，学会爱，增加爱的能力，将爱意延展到更大的空间……

有人担心谈恋爱会影响学习，这是老梅最不爱听的话，因为两者根本不是对立关系。现在的一些家长，将孩子们的恋爱逼到地下状态，孩子们总想着如何躲避家长老师的围剿，于是编各种谎话，导致恋爱变形，学习变差，心理变态……

老梅相信美好的恋爱会让孩子们的长处变长，短处变短，没有什么是比恋爱更好的成长催化剂了。至于这场爱能维持多久，真的不是我们所能控制的，爱了就好，祝福我的孩子以及天下的孩子！

老梅的这篇“檄文”获得了很多的点赞，当然还有很多观点值得“商榷”。

智慧小贴士68

◇ 艺术家是情感丰富、热情洋溢的，要是在这个如花似玉的年龄没有丰富的情感体验，他的作品还会有温度吗?

◇ 放开话题，和孩子共同讨论，相信孩子自己的判断，适度提醒，点到为止。

梅想到

附信：

恋爱前规则

亲爱的儿子：

今天想跟你说说恋爱这件事。

记得你在英国的时候，有一天，你给老梅发了一条短信，说那天晚上吃饭的时候，房东家那个十二岁的女孩以及在她家寄宿的另一个女孩，在饭桌上说起了男朋友女朋友之类的话题，然后那个寄宿女孩指着房东家的女孩对你说——她喜欢你！

你在短信里说：她们太嚣张了吧！

老梅一下子就觉得特别开心，因为有女孩喜欢你，意味着你是一个有魅力的男孩。老梅给你回复说：恭喜你啊，你要是也喜欢她，可以和她交个朋友；要是没有兴趣，也可以用一种幽默的方式来推辞，但千万不要伤害人家。

你没有回答，第二天，老梅看见你们王老师在博客上的一篇文章中说到早恋，我不知道他是不是有感而发，因为那天在饭桌上还有你们中间两位男同学，也许他们会有一些议论。后来问王老师，他说与尔清没有关系，只是突然想到要说说这个问题。

看了王老师的文章，老梅是很不以为然的，因为老梅觉得他的类比方式很没道理，他把恋爱比喻成吃糖，把学习比喻成吃药。

天哪，人一生下来为什么要吃药？他要说是吃营养品，老梅还会赞成一点，但一想你们这些天真烂漫的孩子要天天吃药，真让老梅无法接受。

在老梅看来，读书和恋爱一样都可以是快乐的，也可能是痛苦的，老梅于是决定来跟你说说恋爱这件事。

恋爱这件事是成长过程中最为自然的一件事，一件美好的事，一件本能的事。它像风一样，该来就来了，没来就没来，任何所谓的“防范”都是徒劳的，没有必要把它看作洪水猛兽。和读书一样，爱也将伴随我们的一生。

人总是要成长的，在这个过程中，人们学会独立，学会脱离自己的父母开始自己的人生，这时候，想要寻找一个知心朋友是一件很正常的事。还有，随着你身体渐渐成熟，身体里的荷尔蒙开始增加，“性”意识也渐渐觉醒，希望得到更多人的赏识和青睐，说穿了也是一件非常自然而然的事，所以没有什么好紧张的，这是成长中的一个必然阶段。有一个自己心仪的女孩，为了让她对自己刮目相看，让自己看起来更加优秀，也不是什么坏事。老梅很反对“早恋”那个词的，因为这实在没有意义，什么算“早”？什么算“晚”？情感的事跟着心走，一旦拧巴了，可能就会落下终身的“心理残疾”。我看过太多孩子，只是一味地读书，读到老，读到呆，已经不会“爱”了。而对于一个有志于从事艺术创作的人来说，不会爱这件事是非常可怕的，这将导致创作源泉的枯竭。

虽然说起来，恋爱这件事，在大学里谈的成功率都是极低的，就更别说初中生了，因为这毕竟不同于幼儿园的“过家家”，而是一种情感上的独立需求。

所以，老梅想跟你说的是一些恋爱中的规则，因为，爱是一种承担，是一种责任，而不仅仅是一种赏心悦目。既然要恋爱了，说明你自己是做好了准备要去承担某种责任了，所以，你必须明确规则，一旦你随意破坏了规则，你将成为一个道德上有缺陷的人，你将为此承担足够严重的后果，你可能被逐出……所以，在你想要对一个你心仪的女孩表白的时候，你得先问自己一下——准备好了吗？

所谓的规则，我想主要有这么几条：

一是发自内心的真诚的愿望，不要为了某些虚荣的东西去“作秀”，为了某种征服欲，为了某种利益需要去“恋爱”。真诚是爱最基本的核心。

二是尊重你所爱的人，“我愿意”，这是爱情中最重要的，爱是平等的选择，你不能对你爱的人做出任何强迫性的言行。假如你心仪的对象拒绝了你的“表白”，你要么坦然地走开然后放弃，要么发奋图强，按照她的标准改造自己，让自己变成她心目中的理想对象，争取有第二次表白的机会，但是切不可死缠烂打强迫对方，那样就“太不男人”了。

三是诚实守信，不要轻易许愿，但一旦承诺，必须信守到底。一旦和对方建立了一对一的“朋友”关系，就必须全心全意地对待对方。也许这种感情很快会淡然，但是必须保持到这段关系结束才能开始新的一段。

四是做好基本准备，恋爱并不像你们王老师说的那样是“吃糖”，很多时候还要吃醋，吃苦，吃疼，会陷入某种痛苦中，恋爱中的嫉妒，恋爱中世界观的差异，经济纠纷……都会让你的恋爱在痛苦中度过，所以，你得做好准备。

歌德曾经写过一本《少年维特的烦恼》，讲述一个少年追求一个女子失败而最后自杀的故事。这个世界上的许多悲剧也都是由恋爱造成的，当然，喜剧也很多，关键是我们能不能用一种阳光灿烂的方式谈恋爱。

所以，儿子，老梅可以向你保证，不会干涉你的情感，会作为你的朋友在你有困惑的时候随时提供心理支持和策略支持，你不必费尽心思为隐藏自己的情感而绞尽脑汁，可以用一种放松的心态去享受情感的愉悦。虽然老梅希望你能在真正做好准备的时候再开始爱的旅程，但是，情感这东西，说来就来，谁知道呢。

但不管怎样，儿子，老梅祝福你！

老梅

8. 给孩子写封信

老梅和尔清的交流方式一直在改变，因为老梅总觉得那种妈妈式的唠叨是一种很无效的沟通方式——“你要好好学习”“你要有礼貌”“你要……”这些都是老生常谈，真没什么用处，还会让孩子们很烦你这一套。

想想从前，老梅自己就是这种经常把杨师傅的唠叨当耳旁风的人，因为不是实质性的有制约或是有指导性的意见，看似冠冕堂皇，但其实无实质性的内容，所以在与尔清的沟通中，老梅希望能用一种行之有效的方式来进行。

一种方式是谈话，那种双方正襟危坐的谈话，一种正式的谈话。一般是尔清在出现什么问题时才会用这种方式来进行沟通。

那次尔清的音乐会，担任钢琴伴奏的是著名钢琴家黄亚蒙教授，在排练过程中，也许是紧张，也许是……反正一出现错音的时候，尔清就会急，说话态度也显得很生硬。黄教授是个特别和善而亲切的人，尔清急了，她还是很从容地回答，其实大部分情况是尔清自己谱子上出现的问题。尔清看了，便不吭声了。

回到家里，老梅就和尔清进行了一次严肃的谈话，谈合作中的礼貌和教养，谈自我承担和知错就改。和尔清约定了，在合作中发现问题，首先要检查自己的问题，谱子是否有错，或是否标记错误，或是否自己没有说清楚，自己有问题一定要道歉，自己承担责任，不要找任何借口来搪塞。如果是合作方的错误，指出来更正，但不要有任何指责或是其他不礼貌的言辞，一定要就事论事，不能将别人细微的错误扩大到人格的范畴。总之，对任何人都要厚道。在和乐队的合作中，要和指挥有效沟通，和乐队的每个人认真沟通，基本的要点就是——学会尊重，尊重任何一个合作方。因为没有任何一个人是“欠”你的，这只是合作，是一次平等的合作。

之后无论是和黄亚蒙教授合作还是和乐队合作，尔清都变得淡定而礼貌。

还有一种方式是写信。老梅一直觉得自己是个文笔比口才好的人，很多事情写下来也许能说得更清楚。对于成长中的一些大课题，用写信的方式来说明，比一次谈话似乎更有效，也更“隆重”，而这种方式还有一个好处是可以反复琢磨。

而且写信这种方式，老梅一般会认真地进行思考，写的过程其实也是自己梳理思路的过程，如何把一个道理讲深讲透，让人信服，还是需要有一定智慧的。老梅为了写这些信，总会找一些参考书来读，尽量做到有理有据，有方法，有原则。

有一次学校要准备去英国游学，一走两个多月，要论起来，老梅也是不放心啊……于是，老梅给尔清写了一封信——《安全须知》，讲明白独自在外的注意事项，为此老梅还请教了几位老警察，让他们帮助老梅整理了思路，后来也变成了尔清的同学家长们的一封公开信，用以指导孩子们在外的行为。

还有一些问题，是尔清问老梅，老梅觉得很难用一两句话说清楚，便自己认真思考之后再回答尔清的。

这么多年来，每到一个重要的节点，老梅都会给尔清写一封信，来表达自己的想法和意见，供尔清参考。这些信，成了老梅和尔清之间沟通的一个重要渠道。

当然，日常的沟通也是很必要的，一颗八卦心的老梅经常会和尔清一起讨论各种八卦问题，一起出行时谈共同看的书，共同看的电影。在尔清十八岁之后，老梅和尔清交流最多的是看的书、听的音乐、看的电影，这也是一种渠道，一条培养共同价值观的好途径。

青春做伴，妈妈不仅是一个好的陪伴，也是一个好的指引，当然，孩子成长之后，也是可以成为妈妈们的指引的，现在老梅就跟着尔清的指引在听音乐，那感觉，真的很好。

智慧小贴士69

◇ 老梅尝试过的行之有效的沟通方式有两种：关键时候的严肃谈话，就事论事地寻找解决方案；给孩子写封信，把共同的思考记录下来，也是一份青春的记忆。

梅想到

9. 十五岁少年的专业大奖

中央音乐学院附中集合了一群中国优秀的音乐少年，从附小到高中，几乎每天都有国际国内各类比赛的喜报传来，几乎每场比赛只要这些孩子参加，都能拿到一些好名次。在音乐专业中，中国的孩子有各种专攻比赛的秘密武器，就这么神勇，就这么牛。

比赛这件事，渐渐地引起了尔清的注意，倒不是比赛的奖金或是荣誉，而是每个作曲比赛，只要进入决赛阶段，都可以有一次和顶级乐团合作的机会。

但是对于国内的一些音乐比赛，班里的同学都不是很感兴趣，主要觉得都是国内所谓专家们的自娱自乐，有很强的门户之见。尔清不信，试着投了两次，都是泥牛入海，之后有一位参加专业评审的老师对尔清说，你要早些打招呼啊，这样我也好向评审们打招呼，不然大家是不会留意的，那些打了招呼的作品还来不及关照呢。尔清说，那我就不参加了吧。

尔清是个对自己的才华有充分自信的人，对于“名气”这类东西，似乎有一种天生的抵抗力。也许是因为平时在老梅的朋友圈中看到比较多的所谓“名人”，觉得他们也是常人，只是在某一个领域里有自己的成就，但也都是一点一滴累积起来的，尔清从小对权威似乎就没有太多的崇拜，只是按照自己对作品的理解来和他们交往。他对于创作有兴趣，对成为“名人”这件事则完全没有兴趣。

进入高二，尔清开始有计划地参加一些音乐赛事，每年写两到三个作品。第一学期为中央音乐学院与德国合作的室内乐比赛，这些赛事都是面对全球四十岁以下的作曲家开展的，这个比赛的主要参加者都是全球作曲专业的学生，以本科生和研究生为主，很少有他这样的高中生参加。尔清说参加这项比赛的时候同学们都觉得他很愣，他也就笑笑，还是很淡定地将材料送到了比赛组委会，然后，他居然拿了第二名，成为这项比赛有史以来的年龄最小的得奖者。这次比赛的作品颁奖典礼上将要演出他们的作品，和乐队一起排练才是他最乐于做的事。

接着他便报名参加了“百川奖”的比赛，因为进入决赛的作品将由荷兰新乐团进行演出，这是尔清非常喜欢的一支欧洲顶级的室内乐团。这是针对全球四十岁以下的青年作曲家的比赛，而且条件非常优越，参加比赛的人也相对比较多。与其他比赛不同的是，“百川奖”的赛制是现场打分定名次，比赛的评委是国际团队，包括了国际国内一流的作曲家，当场演奏，当场打分。

尔清居然顺利地进入了决赛。他是决赛中唯一的中学生，当时还不到十五岁，乐团的乐手们对这个孩子很是关照，但没想到这个孩子和其他参加比赛的入围者不一样，他可以用英语和乐团顺畅交流。组委会请来的专业翻译因为对音乐不太熟悉，反倒无法交流。于是那次排练中，乐团索性请尔清担任了现场翻译，尔清也很开心，这样他就有机会观摩乐团的整个排练了，能和这种国际乐团一起深度交流，真是太难得了。于是那两天，尔清就成了一个入围者兼志愿者。

比赛以一场专业音乐会的形式呈现，舅舅、舅妈也组团来现场鼓劲，尔清的作品被排在第八位出场（一共九个作品）。他的作品刚演完，老梅身后一位看起来像是作曲家的先生在和同伴们议论：你看吧，第一名就是他了。

十多分钟后，大会组委会开始公布名次，从优秀奖开始，三等奖、二等奖都没有尔清，那就应该是第一了，果然！

当尔清站上领奖台的时候，很多人都傻眼了——“小屁孩呀！”

当大会主席报出“中央音乐学院附中学生”的身份时，场上一片掌声，这么多届比赛以来，尔清是年龄最小的入围者，也是最年轻的获奖者。

尔清一下子成了大家关注的焦点，尔清比老梅淡定多了，礼貌地接受大家的祝贺，和评委们聊天。有几位欧洲音乐家向他发出邀请，希望他去他们所在的学院读书，但尔清笑笑说：“我要去茱莉亚音乐学院。”

比赛除了奖金之外还有一个委约作品，荷兰新乐团将带着尔清的作品进行他们的世界巡演。获奖让尔清有机会去认识更多的优秀音乐家，他和荷兰新乐团的总监和乐手们成了朋友，经常把自己的作品发给他们看，请他们提意见……

得奖一类的事变得越来越平常的时候，尔清提醒老梅：看一个作品好不好并不是看能否得奖，还得看能不能流传下来，这和你们写小说是一个道理。

好吧，永远淡定的尔清先生。

智慧小贴士70

◇ 艺术圈也是个名利场，如何面对，是个大功课。

◇ 比赛是个学习的过程，也是一个接触大师的交流机会，但一点也不能说明未来会怎样。

◇ 王尔清同学对此还算心态平和，也只有这样，未来的路才会越走越宽广。

梅想到

10. 生活中的“山顶洞人”

尔清一直被同学们称为“土老帽”，他对衣着及人们眼里的奢侈品似乎天然无感。进入中央音乐学院附中时，朋友为了祝贺，送了他一个苹果手机，尔清看了一眼，放一边了，依旧用他那个很旧的三星手机。他说，不用，我平时也就打个电话，发个短信，其余的功能对我没有什么用处。

过了一阵，同学们都用微信交流了，尔清的三星还不是智能手机，没有微信功能，这才想到换一个，为图方便，他说：“老梅，把你的旧手机给我，你用那个新的吧。”老梅也懒得换，说自己的手机里有太多内容，不方便，还是你用新的吧。

于是尔清便开始用苹果手机了，这在他们同学之间竟变成了一个新闻，说“山顶洞人”终于也开始现代化的进程了。

这么多年，尔清对于这些现代的电子产品完全没有兴趣，全部的热情都集中在音乐上，他每月的零花钱都是用来买总谱和光碟的，而日常生活的简朴已经到了有点耸人听闻的程度了。

老梅的朋友们时常会送给他衣服，有时不乏名牌或是奢侈品，但尔清完全没有兴趣，他说，有校服就行，习惯了，不愿意为每日穿什么而动脑筋。

他的鞋子只有一双，决不穿第二双，一双鞋穿破了才买第二双，这个习惯至今仍保留着，后来由于演出等原因，会备一身礼服和一双皮鞋。

虽然节省，但有一种钱尔清是一定要花的，在欧美旅行时，进出旅馆和餐馆，他一定会给小费，有的同学笑他过于“贵族”，但尔清觉得那是一种礼貌，是一种对别人劳动的尊重。尔清和同学们一起去美国游学，他的零花钱基本上用于付小费、买碟和书。

说实话，老梅对于尔清花钱这件事并没有做太多的要求，只是做了一个总量的控制，每次花钱总会有一个具体的计划，家里平时的主要开支也是买书和碟。

在尔清看来，家里最有用的东西也是这两样，其他东西除了日常吃饭开销外，都是简单而舒适的。尔清似乎从来不屑于和他的同学们去比穿着，那似乎并不是他想追求并以此为荣的。老梅偶尔买个包包，尔清还会批评其“虚荣”，认为功能性应胜于任何所谓的名牌。尔清对于同学之中太过物质的那些，总是敬而远之，在尔清同学眼里“物质”是个贬义词。

2014年9月，即将十六岁的王尔清开始了自己的“纽漂”生涯，他一个人住在纽约曼哈顿的一个公寓里，一切都得自己打理了。

刚开始，老梅每月一次性地把生活费用打给他，结果他一拿到钱便把60%贡献给了亚马逊网站，买各种书和碟，然后就勒紧裤带过日子。为此老梅改变了战略，每月分三次付款，以保证他有足够的资金来维持正常的吃饭，保证营养。王尔清同学有个逻辑——自信的人、有才华的人自带光芒，不需要任何奢侈品去装饰。

尔清对于生活的节俭要求和对艺术及学习的奢华要求，真是形成了鲜明的对比。对于这种风格的形成，老梅觉得这和自己的日常风格相一致，要论起来就是所谓的家风。老梅自己也无法判断这种方式是好还是坏，一个极简主义的老梅和一个极简主义的王尔清，让生活变得简单了许多，能有更多的时间和精力来投入自己所热爱的事，生活会越发充分地呈现它可爱的面貌。

智慧小贴士 71

◇ 王尔清同学对物质的要求一向不高，缘于他对音乐的全神贯注，他对物质的从容态度值得老梅学习。生活中的极简态度还是缘于对精神世界以及艺术的追求，那个世界已经繁花似锦了，回归到现实的烟火中，还是简单为好。

梅想到

第六章

补课在美国

换一套体系学习，也是换一个角度看世界，在这个过程中找到自己、认识自己，思维方式也是可以训练和转变的。孩子十八岁之后，妈妈要学会放手，让孩子真正独立地面对未来，妈妈渐渐成为一个背后关注的目光。

1. 茱莉亚音乐学院，你好！

2009年9月，王尔清进入中央音乐学院附中读高一，到了一年级下学期，就有老师对尔清说："你这样的情况，要是条件允许的话还是早点出去学音乐吧。你需要一个更大的空间开开眼界，需要一个更国际化的平台来训练自己。"

刚开始尔清也没当回事，只是听着，但是进入高二之后，这种感觉就越来越强烈了——该去国外求学了。

在尔清和老梅的原定计划中，是大学阶段到国外去读，在国内读完高中，但现在这个计划显然要提前了。

至于国家，在初一时他去英国游学，回来便把英国皇家音乐学院当成自己的目标。初二去了美国，主要是看美国的各类大学，还在一户美国人家住了几天，立马又倾向于到美国上学，老梅问其原因，他说要论起来英国太过保守，而美国更富活力，更阳光。

关于美国的音乐学院，知名度最高的当属茱莉亚音乐学院，老梅所知道的音乐名校，似乎也只有这所学校，神秘且高雅。据说那学校周边就有五个大的国际著名的音乐厅：卡耐基音乐厅、林肯中心、大都会剧场等等，让人心生向往。

于是老梅便开始帮助尔清申请学校。

向刘珅的妈妈汤老师请教，读音乐的孩子如何申请在美国的课程，于是就有了这样的安排：申请一所美国的普通艺术高中，然后再申请茱莉亚音乐学院预科的位置。

老梅找了一个中介朋友帮忙，不过后来发现这个中介完全没有必要，之后的大学申请就全都自己搞定了。因为只申请一所学校，也就相对简单。先写一篇英文的小文章，作为自我介绍以及自己对作曲专业的理解，这必须得由尔清自己来写，然后就是准备自己的作品，邮寄和电子邮箱同时呈现，选好自己的专业老师，还有一封国内老师的推荐信，这是考茱莉亚音乐学院预科的全部资料。同时报考那所 PCS（Professional Children's School）专业艺术学校，这个学校需要尔清之前三年的学习成绩和托福成绩，托福成绩没有要求，但是必须有。

为此尔清报了一个托福的课程班，但是只去了几次他就不愿再去了，他觉得所有为了对付考试而设的课程都是浪费时间，他自己坚持先去参加一次托福考试，搞明白这考试是啥情况，自己的弱点在哪里。在没有任何准备的情况下得了 51 分，他的强项是写作和阅读，弱项是听和说，上了几次课再次考，得了 59 分，于是他觉得这成绩已经够用了，便忙着写他的曲子去了。

据说茱莉亚音乐学院的作曲预科很难考，之前很少有中国人进入这个专业，于是老梅便做好备案，万一考不上，回来把高中上完就是。

没想到很快就接到了茱莉亚音乐学院的面试通知，时间定在 2014 年 5 月 21 日，同时也收到了 PCS 学校的面试通知，学校很体谅地说，你们可以趁着来茱莉亚音乐学院面试的同时来 PCS 学校面试。

于是老梅便督促尔清准备面试，但是他似乎对这些不以为然：没有什么好准备的呀。于是，只留下老梅自己干着急。

茱莉亚音乐学院位于曼哈顿65街，在林肯大厦内，看上去很不起眼。人也不是很多，提前一天先去领材料，尔清还须填一张表，要列清楚他之前学过的课程，尔清不太明白这是要干什么，但还是如实填了。当时周边的人也不多，只遇到一个中国女孩来参加小提琴专业的面试。

老梅和尔清一起去MOMA等地方看画展，这是纽约最吸引我们的地方之一，有各种演出和画展，不同流派都有生存的空间。

面试的时间是上午，有钢琴、视唱练耳和作曲教授的面试。尔清这才明白，在他们的考试中，只考你学过的东西，不会为难你。重点是接受四位作曲教授的面试，都是茱莉亚音乐学院的教授，四位教授显然都已经认真研究过尔清递交上去的作品了，三言两语就说完了，然后开始谈论一些其他话题：你最喜欢的作曲家是谁，为什么？你如何看待中国音乐家××，为什么？你最喜欢的中国音乐家是谁，他的音乐作品的特点是什么？你有没有和乐队合作的经历，带给你最大的收获是什么？基本上都是漫谈式的，倒是很符合尔清的日常学习和积累，而且他又是个极有个人见解的人，很愿意和专家们交流，也乐于亮明自己的观点，他平素练就的那种挑战权威的架势到这里得到了充分展现。谈话进行了四十多分钟，反正他是上午的最后一位，不妨多说几句，老梅估计他们也是难得见到来自中国的学习作曲的学生。（之前大部分中国学生都是学器乐的，特别是钢琴。）

尔清笑眯眯地从考场上回来了，之前听说竞争很激烈的所谓考学，就这么云淡风轻地过来了，想想两年前的艺考，各种过关斩将，真是让人感慨。

2014年6月9日，像事先约定好的那样，王尔清同学收到了茱莉亚音乐学院的入学通知，然后尔清同学的“纽漂”生涯即将开始了。

智慧小贴士 72

◇ 美国学校的面试似乎与成绩没有太大的关系，你的教养、表情、谈吐以及是否有自己的思想，谈话的范围很宽，需要足够的知识面。有没有自己的想法，是否有宽广的知识面和一颗乐于助人的心，这些似乎更重要。

梅想到

2. 准备“纽漂”

在备考茱莉亚音乐学院的同时，尔清还须报考一所普通的中学。大家一致推荐的是位于曼哈顿 60 街的 PCS 专业艺术学校，很多人愿意把它称之为“天才儿童学校”，其实只是一所专业的艺术学校。一些有艺术特长的孩子在这里边上高中课程边上艺术专业，那些在茱莉亚音乐学院、曼哈顿音乐学院等学校上预科的孩子都在这里上学，从六年级至十二年级。老梅在这里看到许多日本和韩国的孩子，他们都是签约了一些经纪公司之后，在这里边上学边训练。

这是一所百年老校，学生人数不多，不到三百人，分到七个年级里，看起来小巧玲珑的样子，老师带着老梅和尔清在这个楼里转了一圈，把老梅看傻了。这里教室空间都不大，教室外有孩子们在等着上课，他们席地而坐，专心地做着自己的事。更重要的是，这里的风气和国内明显不同，老师们的口头禅是：“我能帮你做点什么吗？”

在曼哈顿这种寸土寸金的地方，就这么一幢小小的六层楼，里面分布着各类专业教室和附属设施，精致小巧，全无一点夸张。

老梅后来发现美国人有两个地方和中国是完全不同的结构，医院和学校。在PCS学校，学生是没有固定的教室的，相反，每个老师都有自己固定的教室，学生们在其间选择不同的老师上课，所以每个老师都会把自己的教室按照自己的想法来布置。另一个不同的是医院，在那里，求诊的人是有固定房间的，医生们走来走去，不像国内，病人求诊时需要楼上楼下来回跑。

看着这样的空间和这样的老师，老梅和尔清商量，能不能在这里从十一年级开始读（原本尔清应该读十二年级），这样他能有时间感受一下真正的教育应该是什么样的。再何况，尔清之前因为上学早，小学又只上了五年，所以他要比现在同年级的孩子小两岁。老梅和尔清决定在这里稍微放慢一下脚步，重新感受一下美国式的教育，也为未来选择大学，进入专业做一些准备。

就这样，尔清将在纽约开始他的“纽漂”生涯。学校没有宿舍，只能自己找房子来住。终于，我们在63街找到了一处比较合适的房子，并请了一位朋友担任尔清的监护人，希望尔清能不用麻烦别人，尽量自己搞定自己的生活。此外，老梅又请了一位在茱莉亚音乐学院读研的大师兄帮忙照料。

在住房的选择上老梅核算了一下，以价格换安全和方便。PCS学校在60街，茱莉亚音乐学院在65街，选择63街的房子，不仅上学方便，看演出也都在周边，不必担心安全问题，虽然价格较长岛、法拉盛稍高，但可以保证相对安全高效。

老梅问尔清，你是否希望老梅留下来陪读？因为这里大部分上预科的孩子都有一位家长在这里陪读。

尔清想了想说："你这个问话是一个陷阱，我怎么说都不对。我要是说希望你留下来陪我，我知道这是不太可能的，国内那么多事在等着你呢。我要是直接说不要你陪，你又会很失望，想着我长大了，翅膀硬了，不要你了……反正，你自己决定吧，你想来纽约，你就在这里待着，反正这里可看的东西也很多，你自己待着也可以处理一些事；你要是不想来，我觉得我一个人在这里也不会有什么问题。曼哈顿的安全没有问题，我也是一个很小心、很讲究安全的人。"

一番话说得老梅瞠目结舌，但想想确是这个道理。尔清从两岁上幼儿园，三岁开始住校，一住十一年，所以安全应该是没有问题的。住所附近的生活也很方便，周边密布中餐馆、日餐馆、韩餐馆，楼下还有一个巨大的超市，各类食品应有尽有。所以，只要安排好自己，生活应该是没有问题的，最不济学校还有早餐和午餐，反正不会饿着。

虽然仍会牵肠挂肚，但老梅想，自己是必须放手的，想来龙应台那篇著名的《目送》，就是为我们这些父母写的吧。

安置好尔清，老梅一个人回北京。飞机上邻座的是一位河南的母亲，儿子在纽约上大三了，为了儿子，他们夫妇辞掉了公务员工作，丈夫在纽约当司机，这位母亲在这里一边当钟点工一边照料孩子，当她得知老梅把一个不到十六岁的孩子单独放在纽约上学，非常难以置信。一路上她开始不住地谴责老梅，如此没有责任心，外面世界这么乱，就这么一个孩子……说得老梅浑身罪恶感，但转念想，孩子总是要独自上路的，想想老梅她妈杨师傅，当年十四岁就只身到江南当纺织女工了。

开始"纽漂"，尔清也开始了自己独立的学习和生活。

智慧小贴士73

◇ 把一个十五岁的孩子单独放到曼哈顿这样"纸醉金迷"的地方在大部分人看来是场冒险，但以老梅的眼光看，这对于尔清来说是一场高水平的艺术进修之旅。相信孩子，他会在这座繁华的都市中寻找自己的声音，花花世界对于有定力的孩子来说是一个最好的课堂，他们自然会从中汲取自己需要的养料。

梅想到

3. 托马斯博士

尔清在茱莉亚音乐学院预科的专业老师是托马斯博士，他之前还是茱莉亚音乐学院预科的主任，是一位很著名的作曲家。这是一位七十多岁的老绅士，尔清入学后上完第一节课之后跟老梅说：“托马斯想见你。”

老梅说：“他见我干吗？他是你的老师，又不是我的老师。”

尔清说：“我也这么跟他说了，可他说，一定要见你一面，这样你才可以放心地把孩子交给他。”

一句话，听得老梅的眼泪都快流下来了，在国内读了这么多年书，从未享受过这种礼遇。

于是趁着尔清上课的时候和他一起去茱莉亚音乐学院，在一个教室里见到了这位老先生，他七十多岁了，一只手不住地颤抖着，笑容和蔼，让人如沐春风，和老梅聊他来中国的经历和对中国的印象，因为他曾经和广西艺术学院有过合作，然后让老梅看他给尔清上课。

再后来，托马斯邀请老梅和尔清去他家用晚餐，他家在曼哈顿离学校不远的一个公寓里，空间不大，和尔清目前租住的公寓差不多大。让老梅深有感触的是他的生活简单而高雅，不大的空间里几乎全是书和碟，还有他在全世界旅游带回来的纪念品，似乎每一件物品上都打着文化的标志。想想老梅此前见过的国内的音乐学院的老师，每个看上去都是隐性富豪的样子。作为茱莉亚音乐学院预科三十多年的负责人，托马斯的权力是极大的，可是他对物质和金钱似乎没有太多的追求。曼哈顿的这套公寓是租住的，他说在他的老家还有一套比较大的房子，每年暑假回到那里可以放轻松。

作为一个作曲家，他们家甚至连一架钢琴都没有，只有一个简单的键盘。每个空间都有多重作用，餐桌也是书桌，屋子从上到下的每个空间里都塞满了东西，他租住在这里应该也有三十多年了吧。

托马斯博士接着给老梅看他的家乡的照片，看他当年在广西旅行和教学的照片，谈着他准备创作的音乐…… 真是给老梅上了一堂生活艺术课啊。

后来再看一些纽约的知识分子的生活，似乎都是这么简单而舒适，以专业为主，做自己喜欢的事，专心致志，一做可能就是一辈子。

之后尔清每周都有两次托马斯的课，课余时间托马斯也会经常给尔清讲讲纽约的那些往事和俚语，他曾有过一个疯狂的青春时代。

尔清认可托马斯先生的人品，但还是觉得他的音乐风格不够现代，于是很多时间里，他会给导师推荐很多作品，师生俩一起切磋。

很多时候老梅感觉托马斯和尔清在一起的时候很像爷孙俩，课余时间会谈天说地。他很少限制学生做什么，总是不断鼓励和激发，平等探讨，把自己的经验和体会与学生们分享，这位德高望重的老先生很多时候像个孩子般纯真。

后来，尔清上大学的各种推荐和建议都是他在帮忙，他的热心和周到很是令人感动。

虽然是一对一上课，老先生却是纪律严明，分秒必争，迟到五分钟一堂课就会取消，作业也认真审阅。想想，一个七十五岁、身患帕金森症、功成名就的老人，如此认真地上课，作为学生，哪还有敢倦怠的呢?

智慧小贴士74

◇ 为人师表是一种自律和荣耀，托马斯博士对于这些艺术学子的帮助是全方位的。作为一个老纽约，他给孩子们讲述纽约的艺术生存，作为一个杰出的音乐家，他当然是最好的艺术指导，热情、诚恳……尔清真是幸运，他总是能遇见最杰出的导师。

梅想到

4. 从“学渣”到“学霸”

王尔清开始了自己的美国高中学习和生活，参加 PCS 学校入学考试，然后分班，有意思的是他们不是按照年级来分的，而是按照他们的学习成绩或者程度来分的，同上历史课的同学中可能有六年级的，也可能有十二年级或是十年级的。

每天上课时间从上午 8 点到下午 1 点 50 分，之后可以在学校的图书馆看书，但是 3 点之后必须全部离校。

尔清在 PCS 学校第一学年的课有物理、数学、英语、历史和合唱等。上学第一周回到家里，老梅发现尔清不再热心于作曲而是忙着学数学。这倒是奇怪了，尔清之前从来是对数学和物理没有兴趣的，怎么到了这里之后突然来了兴趣学数学？老梅逗他，你该不是以后不考音乐学院，直接去考哈佛数学系了吧？

尔清道：“我还真觉得奇怪，为什么以前我学了一个学期都没搞明白的问题，在这里老师三句话就把它说明白了，原来数学这么好玩啊。”

数学课的功课分为ABC三种，一种是基本的，必须做的；一种是想做就做，按照自己的兴趣取舍；还有一种是更加专业的，稍高程度的作业。学生们可以按照自己的兴趣来做，没有什么强加的，完成一种就行。王尔清居然每天把ABC三种全给做了。

还有就是物理课，之前他似乎也没太多兴趣，但是来到这里之后，这家伙居然也开始热心于各种物理实验了。老梅不禁感叹，要是他在原来初中上学时也有这样的热情，那我和他们的老师之间该少了多少摩擦呀。说给尔清听，口气里不免有点酸酸的。尔清说，那时老师是满堂灌，还没等你消化呢，就让你把一个东西做一百遍，让你很反感。老师真正的职责在于如何激发学生的积极性和自主性。现在看看，物理课多有意思啊。

更有意思的是，这位在国内长期霸占“学渣”位置的同学，居然帮助同学补习物理，而被帮助补习的同学居然还声称——尔清非常善于讲课。看来以后当个老师也不错啊。

按照国际学生的一般状况，历史课开始的课程都是学《世界文明史》，尔清上了两周之后，跟老师提出来，现在的课程我之前都已经学过，希望能学习《美国历史》，老师当时便做了调整，让他进到另一个学习《美国历史》的班级。第二天一早，教务处的老师把尔清叫到办公室，郑重其事地给他鞠了一个躬，然后道歉：对不起，我们给你安排的课程有误，耽误你的学习了。

尔清把这细节说给老梅听的时候，老梅的眼泪都快掉下来了，没想到他们如此设身处地地考虑学生的感受，尊重学生……

尔清的英文课，刚开始安排在程度相对较弱的 C 班，但尔清一直觉得自己可以进入更高级的班级学习，于是就先让自己在 C 班里考各种 A 或 A+，然后要求进入 A 班，老梅能想象到他的努力。果然进到了 A 班，但在 A 班他往往是成绩较差的那个，A 班的老师希望他回到 C 班去做优等生，而不是在 A 班当“差生”，但尔清同学就是这么死磕，一周一周地追，三个月之后，他赶上了 A 班的进程，并和老师成了很好的朋友。

他笑着说起他和英文老师之间的角逐和较劲：“我就是要在 A 班，我会成为 A 班最棒的那个！”慢慢地，他开始在 A 班拿到 A 或 A+ 了。

从前的“学渣”来到这个陌生的地方，居然成了学霸，也算是个神奇的事了。要论起来，只有真正调动学生的积极性，学生才能学得兴高采烈，才能有所收获。

想学才能学得好。尔清同学在一个全新的学习环境中，用了不到两个月的时间就完全适应了。这个托福只考了 59 分的小子，现在上的是全英文的课程啊。这小子真是潜力无穷啊。

智慧小贴士 75

◇ 好老师能激发每个孩子的学习热情，王尔清同学在高中的最后两年用自己的努力告诉自己，只要教育方法得当，他也可以是一个学霸的，最起码是一个有昂扬的学习热情的人。学习本身是件快乐的事，这种学习热情将让他受用终生。

梅想到

5. 开启疯狂学外语模式

王尔清看上去像个实用主义者，每学一样东西都得先弄明白这个玩意儿有什么用。学语言这件事也是这样。

之前提到过学英语这件事，因为上小学那次，老梅请了《狮子王》的导演罗伯·明可夫来家的时候，另外几位和他同龄的孩子和导演玩得热火朝天，尔清只能在一旁干着急，这是第一次刺激，让他体会到语言的真正用处，这比老梅的苦口婆心和老师的威胁利诱都管用。

之后一次发奋是因为发现自己在读外国的音乐作品时无法理解各种专业用语，于是他花了几个月的时间做了一个八国文字的音乐专业词汇一览表。之后，他假冒十八岁的音乐爱好者和一些作曲家在网上交流心得，越来越觉得语言的重要性。

2014年获得“百川奖”时，他有机会和荷兰新乐团合作，和他们一起交流，看到了来自世界各地的音乐家们自由地用各国语言进行交流，英语、法语、德语、意大利语……

之后和荷兰新乐团的总监邦斯先生交流时，他们更是全程无缝对接，音乐是一种无国界的语言，那么作曲家也应该有各种无国界的语言深入艺术之中去。

尔清的未来目标应该是一个走遍世界的环球艺术家吧。

到美国上学之后，尔清开始了他苦学第二第三甚至第四外语的历程。

在PCS学校上课，他基本上很快地融入了课程，因为之前已经看了许多英文文学作品，英文也就不是问题。2015 年暑假，他回到北京，跟之前学英语的那个来自海地的黑人女孩开始学法语，两个月的时间，他差不多已经可以读法文小说了。阅读和写作是他的强项，听和说还是有点差距。

尔清 2016 年考大学的时候，曾动了去德国留学的念头，他在国内的作曲老师秦文琛先生就是留德归来的作曲家。在尔清的印象中，德国是真正的音乐圣地，也许大学毕业了就会去德国读研究生呢。

也因为尔清在 PCS 学校读十二年级时已经加修了法语课，于是，他又开始学习德语。老梅问他，这样学语言是不是很累，容易搞混吗？

尔清说："你们把学语言这事看得太隆重了，其实这不就是学方言吗？你看，你能说上海话、常州话和普通话，其他人还能说广东话、福建话……这些拼音文字的大致架构其实是差不多的，你找准其中的关键点就行，这都是举一反三的事。"

2016 年暑假，尔清回国后并没有请专业的老师，而是请了留德归来的哲学博士王歌女士来教自己，简要地了解了德语的一些基本常识，并买了一本教材。这个暑假用了两次时间来上课，每次三个小时，之后尔清就到波士顿参加歌德学院的考试了，他得了初级班里最高的那级，也就是类似于小学五年级的程度吧。

学以致用，才能学到位。还有就是真正地用这种语言去思考。尔清批评老梅学英文没有进步，问题在于思维。他说："我现在才搞懂了，为什么许多人出去几年回来说话就会夹杂着大量的英语单词，那其实是因为他们平时就是这样思维的。你老梅学的时候总会想着，这个词的中文对应着什么样的字，这就是大麻烦，你不用英文去思考，那永远是一个初学者。”如此想来，还是挺有道理的。

学语言是尔清现在的主要爱好之一，走一路学一路。2016年暑假去挪威玩，尔清就一直跟着挪威的导游学挪威语，几天下来，已经能进行一些简单的对话了。学以致用，敢开口说，阅读原著，这都是一些好方法。要论起来，老梅学了这么多年的英文还是个英文文盲，这事真的可以成为一个很好的反面教材。

尔清曾经说要像荷兰新乐团的总监邦斯先生那样懂八国语言，希望不远的将来能实现，最起码现在已经完成一半任务了吧。

智慧小贴士76

◇ 学语言是基因问题还是方法问题，老梅至今没弄明白，只是羡慕地看着王尔清一门又一门地学着各种语言。但有一个基本道理老梅是明白的，语言是工具，也是一种思维方式，是进入另一个语言世界的敲门砖。

梅想到

6. 没有统一模式，没有标准答案

从小到大，不论是老梅自己从前上的语文课，还是尔清后来上的语文课，老梅都是很反感的。老师满堂灌，学生不断背，我们的老师强调：熟读唐诗三百首，不会作诗也会凑，讲的是“熟能生巧”，并不在意这些文章本身的意义。

老梅觉得自己的写作才能在学校里学到的很有限，主要还是靠自己狂读“课外书”和不停地乱涂乱写。

要想想，小学时也就罢了，进入初中之后的学习就是整天分析“段落大意”“中心思想”，这哪像学习？无趣，无聊，无意义。每堂课要么是老师在不断地讲，要么就是大声朗读。之后的写作文，每周一篇命题作文，不外乎《我的理想》《我的家庭》《一件小事》之类，从小到大，不知要写多少遍，反正王尔清光是写他爸揍他这件事就写了无数遍，写得自己都烦了。

在尔清准备到美国读书的时候，老梅就买了一套美国的中学英文课教材来研究，发现他们的文章编排很有意思，基本上是按历史编纂的文学名著，在传授英文的同时，其实也编进了他们的历史、社会和政治方面的内容等等，英文课其实是一堂综合课，而每一篇文章后面的思考题也是实用而多元的。

比如第一篇，哥伦布的航海日志，后面就有这样的讨论题：假如你是一名船员，如何看待这次航行？假如你是这次航行的赞助商，会做一个怎样的商业报告？假如你是一名当地的土著居民，你如何看待这些突然到来的船队……

没有统一的标准答案，但是呈现的世界观和价值观却是多元的。

王尔清在美国经历了两年的高中学习后总结说，茱莉亚音乐学院的预科对于自己来说没有特别多的惊喜，但在 PCS 学校两年高中课程的学习，对自己思维方式的改变和自己学习方法的转变作用巨大。

在PCS学校的英文课上，大部分时间是学生们在讨论，而且一个课程的学习空间是全方位的。在《纽约故事》的学习中，老师带他们去博物馆，寻找历史的脉络，带他们去看纽约那些地标性建筑，增加对这个城市的现实感觉，然后每个人讲述自己的纽约故事。其实，在这个过程中，不仅是在学习英语，也在学习历史、地理、政治和社会学。一个学期大致分四个课程，每个课程集中学习一篇或几篇同类的文章，然后讨论，并做出自己的个人报告，每篇文章的写作都是论文式的，必须详细标注清楚所有的引用文献。

之前有朋友笑谈，说美国学生每个人都具有竞选美国总统的潜能，他们考虑问题的角度经常是全球化的。

深入学习和探讨，会给学生们指引出一条道路，为今后的成长指明方向，有需要的时候，可以知道去什么地方寻找答案。

令老梅印象深刻的还有美国的图书馆，特别是社区图书馆的发达，它们经常可以配合居民的阅读去购买图书。美国孩子都有泡图书馆的习惯，在那里可以养成最初的阅读习惯。学校下午一两点就放学了，学生们会在图书馆里做作业，然后再回家。

在茱莉亚音乐学院的两年，每周尔清都会拖着他的小行李箱去学校图书馆借书，一拖一箱子，那样子，甚是夸张。尔清笑称自己是“音乐海洋上的一叶扁舟”……

两年学习之后，尔清的读书方式也有了改变，之前基本上是抓到手边的书就读，现在则会有计划地安排自己读书，成系列成套地读，沿着一个作家的成长脉络去读，然后形成自己的看法。

更有意义的是，他能在这样的学习中找到自己下一步要做的事和行动方向，对于这一点老梅很欣慰，甚至学着尔清的样子，调整了自己的读书方式。学以致用，这才是教育的根本吧。

智慧小贴士 77

◇ 某一天，看到作家村上春树说，他当初写小说，第一稿是用日文写的，但感觉不到位，然后他就用英文把同样的故事重写了一遍，找到了语感，然后又用日文重写，第一篇小说便获得了大奖，从此一发不可收拾。老梅一直认为国内的语文教育缺乏人文理念的整合和反复修改的练习。

梅想到

7. 为每个学生量身定制的评语

要论起来，老梅自己从小学到大学收到的各种评语基本上都是制式化的，老师以八比二的套路写老梅的优点，然后提一句毛病，最后一句肯定是“戒骄戒躁，争取更大进步”。这么多年的评语只有小学三年级的那句“克服主观主义”让老梅记住了，那是因为当时老梅和老师打了一个赌，老师输了，就在期末的评语里加了这么一句，老梅当时不懂这个词的意思，但回家让父亲好一顿批评。

尔清自上学以来，除了幼儿园那会儿，老师会写一下当天的表现，之后老师们则更多地以表格打钩的形式来进行，到了初中阶段，则变成了一本成绩册，每周在本子上有一搭没一搭地打着钩。到了美国，尔清第一学期结束后的成绩单上竟然是这样的：综合评价，各个学科的老师介绍学习内容，尔清在这个学期的表现。

王尔清在美国第一学期的成绩，英文期末考试是A+，因为期中只是C，所以总成绩是B，其他的课程全是A。看到老师的评语老梅一下子怔住了，尔清是个有“白日梦”的孩子，在美国这变成了他的优势，老师们在引导他如何去运用好这个“习惯”，而不是简单地归纳为“注意力不集中”。光是这点，美国的老师们就足以让老梅肃然起敬了，他们尊重孩子的天性，尊重每一个“人”。

尔清第一学期的综合评价是这样的：

奥利弗（王尔清的英文名）在PCS通过了第一学期的年中考，如此成功地过渡到一个新的具有挑战性的学术环境，接受新文化、新语言的同时，他保持着自己的专业态度，值得衷心祝贺。对于班级其他同学来说，他是一个榜样和领导，他时常像是一个支持系统来帮助其他国际学生。奥利弗是一个非常勤奋且聪明的学生，他常常创造性地思考问题，这也许可以解释为什么他有时候看上去像是在做白日梦，他的老师们和我都希望他可以在新学期持续成功。做得好！加油，奥利弗！

索性再来介绍一份完整的评语表吧，这是2015—2016年（尔清十二年级第一学期）的评语表。

学生：王尔清

导师：ROBERTA KOSSE

评语：祝贺奥利弗极佳的第一学期。英语老师和法语老师都对他的学习和作业质量有很深的印象。我相信在接下来的学期他还会做得一样好。我很荣幸可以成为奥利弗的导师，祝愿他一切顺利。

英语老师：MS SCLAN

评语：《纽约故事》的目的是使学生们以自己的经验经历去沉浸在我们这座城市的文学中，我们通过旅行探索惠特尼博物馆，学生写作他们自己的纽约故事。我们读了两个19世纪的城市故事，诗歌和词汇的学习是本学期的重点。赫尔曼·梅尔维尔的《巴特比》可能是第一本描述华尔街办公室的生活书。薇拉·凯瑟的《来了，阿佛洛狄忒！》把我们从市区带到格林尼治村庄，一个画家和一个歌者从小地方来到纽约，纽约是他们艺术的起点。学期结束的时候我们结合这两个故事写了两篇论文，然后开始学习第一部小说菲茨杰拉德的《了不起的盖茨比》。

奥利弗的作业展示了他视觉和听觉上的敏锐，以及理解人物内心生活和处境的天赋。回顾奥利弗第一份作业，他写自己的纽约生活，我可以看到他是如何观察梅尔维尔和凯瑟的，奥利弗可以有不同类型的写作方式。下学期他将有机会继续修改他这两篇作业。

法语老师：MS HANNOUCHE

评语：在第一学期，学生们复习了在法语1当中讲过的材料，学会运用“有”的过去时，将来时，完成时。他们还在阅读和口语练习中使用之前学过的单词。在第二学期，我们学习如何使用“是”和“有”的完成时和未完成时。为了让他们更好地理解学习材料，我们做了三个测试，然后写课后作业。一周前，学生们收到了他们的新书，登录网站在线学习，为了更好地学习新的知识，学生们付出了额外的努力去提高他们的发音、听力和口语。

尽管他在暑假只学习了四周法语，但是他在本班表现良好，奥利弗在课上非常专注。他的词汇量很好，对于他仅有的一点点基础来说，发音也很棒。奥利弗本学期的测验成绩都是A。我为他在班里的表现感到高兴，继续保持吧，奥利弗！

合唱老师：MS. KOSSE

评语：今年的合唱团是一群出色歌者组成的队伍，排练了很多与艺术相关、不同类型的节目，也包括跳舞、绘画、剧场音乐。他们会在11月17日的音乐会中表演。

在合唱团里拥有奥利弗是我的荣幸。他出色的听力和有力的声音能达到男高音的级别，他还是一个很好的伴奏者，再加上他的热情和兴趣，已经是一个赢家的配置。他对这个集体的贡献是巨大的。我非常期待他在今年音乐会中的演出。另外，我很高兴奥利弗做了《蒙娜丽莎的合唱编曲》，同学们都很喜欢。

音乐理论老师：MS. KOSSE

评语：音乐理论课程在本学期的重点是：1. 音乐符号，模式，间隔，三和弦，和弦的基本原理。2. 小作曲。

学生家庭作业：旋律写作以及和弦练习。

因为这个课一周只有两次，学生会收到一个总的学期成绩。

奥利弗在班里完成得很出色，作为一个有才华的作曲者，当遇到创新型的作业时，他的优势一下子就被体现出来了。他谱写了像《一个音符》序曲那样的旋律，令人印象深刻及兴奋。奥利弗的提问和见解提升了本班品质。我很高兴可以成为他的老师。

老师是学生的教练和啦啦队，为他们引路，为他们加油，是他们成长中的阳光雨露。

小贴士　智慧 78

◇ 评语其实是老师、家长和学生的一次沟通，老梅有时觉得老师们少开一些“家长会”，认真给每个学生写份评语，沟通的效果会更好，更精准。承认学生之间的差异，也是对人的一种尊重吧。

梅想到

8.“千军万马过独木桥”

正应了那句老话：“光阴如箭，日月如梭”，一年多时间很快过去，接下来应该准备上大学了。前一段时间，看一个朋友的孩子在准备考大学的资料，既忙碌又紧张。他差不多选了十所大学，从哈佛到地方学院到专业学校，每所学校都要准备文章和成绩，还有各种老师的推荐信等。文章有两篇，一篇是学校的命题作文，一篇是自我介绍，对这个学校的熟悉程度等等，于是全家总动员，一起帮着选学校，讨论那几篇文章怎么写。

要论起来，尔清的专业已定，似乎相对好选一点，他不愿意选类似耶鲁音乐系这样的学校，也就省去了考 SAT 的麻烦，只要有托福成绩就行了。

之前老梅不管他的成绩，但到了现在这个所谓的关键时刻，似乎不管不行了，而且这次报考完全没有联系中介，都需要自己申请和递交材料。于是，这一路便开始各种督促催命。

先是考托福，可以在北京考，也可以在美国考，尔清选择回北京考。于是，这位老兄什么都没准备便进了考场，因为之前考过，心里还算有点数，而临到考试的前一天，他还是懒得复习，振振有词地说：“所有为了应付考试而学习的东西都是无聊的。”好吧，拿他没辙，随随便便地去考，考了 81 分，茱莉亚音乐学院等专业学校的一般及格分数线是 73 分。老梅动员他再考一次，但他坚持不去，说分数够用就行，即使老梅用其他同学的 95 分刺激他，他却根本不为所动。好吧，81 分，勉强及格的样子。

之后是报学校，其他同学最少报了七八所学校，尔清却坚持只报两所学校，一所茱莉亚音乐学院，还有一所是位于波士顿的新英格兰音乐学院，这是美国最早的一所音乐学院。问他为什么报考这两所，他说，茱莉亚音乐学院和哥伦比亚大学有合作，可以兼修一些其他人文课程，而新英格兰音乐学院和哈佛大学有合作，而且那个城市的学术气氛比较好。老梅让他多报几所，但他一概拒绝，理直气壮地说："与其上那些垃圾学校，还不如不上呢。"

老梅没有办法，因为这些事情必须他自己去做，不是家长想让他报就能报的，后面还有一堆具体工作是要他自己去做的。

老梅问："万一这两所学校没有录取你的话，你怎么办？"

"那就自学呗，或者明年再考，或者去欧洲……"

看他淡定的样子，老梅自己先乱了套。

12 月先来了一份通知，茱莉亚音乐学院没有给尔清面试的机会。尔清一下子有点傻了，因为作为茱莉亚音乐学院的预科生，一般都是直接参加面试的……（后来我们才知道，尔清报考的那位导师突然得了脑瘤，已经去世了。）

这样尔清就别无选择地只留下新英格兰音乐学院一所学校了，全球八百多人报考作曲专业，今年只录取五个人，那是真正的百里挑一啊。

老梅完全傻了，脑子里一直在想：要是他连新英格兰也考不上了，那可怎么办啊？

但尔清似乎不理会这些，照样写着曲子，听着音乐，好像考大学这件事是很无所谓的。

新英格兰的面试日期在2016年的中国大年三十，从纽约赶到波士顿，老梅一心记挂着考试，尔清却只想着晚上音乐厅的一场歌剧，好像参加考试的是别人一样。

第二天的面试，每人和考官有二十多分钟交流，还有一场国际生的英文水平测试。尔清在茱莉亚音乐学院预科的另一位同学也来考了。

尔清和考官的交流似乎很愉悦，老梅问他交流的内容，他说只是谈了一位他们共同喜欢的作曲家斯克里亚宾，讨论了二十分钟，所谓的面试也就结束了。上午面试，下午赶回纽约，准备和朋友一起过年。

老梅发现这里选学校的理念和标准，更看重的是具体跟着哪位老师学，而且现在正有一种“游学”的趋势，不局限在某一位老师，一跟四年，而是每一两年换一位导师，然后可以在全世界范围内拜名师，寻高人。正应了一位朋友所说，人生进入大学阶段，其实是一个寻找自己的心灵导师的过程。

虽然老梅做足了心理准备，但还是惴惴不安的。幸好3月下旬，没到规定的时间，尔清新英格兰音乐学院的录取通知书就来了，还额外给了他一笔奖学金，老梅心里的一块石头才终于落地了。

老梅发现，经过这么多年的修炼，自己在很多事情上已经可以从容镇定了，但是只要是王尔清的事，不管大小，老梅依旧会“脑子进水”地不淡定。

这是尔清的一场考试，也是老梅的一场考试，老梅觉得自己在这场考试中心态和理性都不够好，倒是尔清比老梅更加理性而沉着，这也正是所谓“活到老学到老”吧。

小贴士 智慧 79

◇ 迄今为止，想起尔清考大学的过程，老梅还是会心有余悸，但也会惊叹尔清的自信和沉稳，毕竟家长还是不能代替他的选择。但要是真的心中有数，考大学这件事其实也很简单。

梅想到

9. 落幕，高中生活！

记得 2014 年 5 月来纽约参加茱莉亚音乐学院预科的面试时，正逢毕业季，满街都是身着学位服的孩子和他们的家长、朋友，他们挥舞着毕业证书和鲜花，欢喜地抱成一团，互相祝贺，看得老梅心生羡慕和嫉妒，一生中能有几个隆重的典礼，来纪念自己的学业又升入另一个台阶呢？

之后参加 PCS 学校的高中毕业典礼，学校似乎提前四五个月就在准备了，确定家长参加的人数，每个家庭都有三四张请柬，可以全家一起来，各种服装的准备，各种注意事项，还有毕业生们的才艺展示。

老梅终于有机会来领略一下教育上的“异国风情”，体会一下一个学生家长的“成功体验”。

PCS 学校 2016 年的毕业生一共有四十多位，全部升入了不错的学校，这场毕业典礼在林肯大厦的一个礼堂进行，所有老师和家长都盛装出席，而毕业生们被另行安排到一个地方在走典礼“流程”，他们才是今天的主角呢。

老梅邀请了朋友——也是尔清这两年的监护人——黄女士参加，她也有两个孩子在上小学，对于这些毕业典礼很有兴趣，她说，从这个典礼上你可以感知他们这个学校的办学理念和未来方向。

典礼开始，先是各种校董和教务长讲话，之后表彰了几位在这个学校教学超过三十年的老师。每位老师上台都能把台下激起一片片笑声，幽默感似乎是美国教师的标配，风趣幽默总是会令师生们都很开心。还有一位校董介绍学校历史，顺带做了一个募捐的广告，这些私立学校，每年都会有各种类型的捐款活动，民间的募捐是除了学费之外学校最大的资金来源。

然后是毕业生列队上场，准备接受毕业颁证和奖励。看着那些毕业生列队进场，每个家长都在寻找自己的孩子，这些家伙出场时真是各显风采，其中有一个学表演的孩子一面走一面脱衣服，走到主持人的面前便正好露出他的一身超人打扮，现场立刻笑声一片。老梅看着尔清挺着脖子，以一种古怪的造型走过，心想，一定是为了那个帽子，怕一不小心掉下来。

之后是表彰优秀学生，都是在这里读了四年的学生，佩戴着很醒目的缎带。

最后便是校长讲话，讲述着这个学校的传统和理念。校长的核心意思是：你们都是一群受到特殊照顾的精英人才，接受了比常人更多的教育，你们的未来有责任承担更多的社会义务，让社会变得更美好，这个社会还有很多的不公，还有很多人需要你们去帮助……给予你们最多的恩惠也是为了赋予你们更多的责任……黄女士感慨，这大概就是人们常说的“精英教育”了吧。

想想 PCS 学校培养了一大批优秀的艺术人才，包括像华人艺术家马友友这样世界级的顶尖艺术家，这百年来的传承，更多的是这种精英文化的传承。这就是所谓“天之骄子”们的未来之路吧。不知道这段话对尔清起到了什么作用，他只是一直在开心地笑着。

接下来的才艺表演应该是台世界级的综艺秀吧，钢琴、小提琴，还有说唱。一个来自西班牙的女孩一面跳着踢踏舞一面说唱着这几年学校里的趣事，全场一片欢歌笑语。毕业季就这么快地过去了，之后是一场自助餐，学生和老师纷纷合影，流连忘返，尔清的高中生活，也就这样在一片拥抱和挥手中结束了。

智慧小贴士 80

◇ 高中毕业典礼是一个花季盛开的庆典，也是孩子迈向成人的一个启程。在这个时间点，重申人生的意义和目标至关重要。

梅想到

10. 只需理解，无须把控

许多年前读龙应台的《目送》，读父母与子女之间的缘来缘往，那时正在感慨长者们的逝去，而现如今，则需要学习和孩子们告别了。

老梅一直认为，孩子是上帝寄养在自己家的天使，抚养一段时间后，待他们羽翼丰满，便会自由地飞去。

孩子们飞来飞去，此时更需要学习的是父母，这是父母的“断奶”期，十来年的共同生活之后，他们要飞了，而且越飞越远。平日里围着孩子打转的人，面对孩子的远行，会感到自己一下子“空”了，周围的一切都变得惘然了。

老梅想着自己也要“断奶”了，但因为有较长时间的思想准备，从理论上来说，还不至于惘然。

刚生尔清的那一年，老梅似乎一步都不愿离开，之后，由于工作原因，还得出差，那一段时间里可以接受的分开时间是五天。因为尔清三岁之后开始住校，周日晚上或是周一上午把他送到幼儿园之后，可以到周五下午再去接。熟悉老梅的人都不会在周五下午来找老梅谈事，因为那是最无效率的时间，周五一吃过午饭，老梅的全部心思便飞到幼儿园去了，满心琢磨着儿子，怎么样逗儿子和同学们玩…… 悠悠万事，唯子唯大…… 那个时候的老梅就是这样的。

之后可以容忍的分离时间是十天，要超过了这个时间，老梅便会坐立不安，浑身不爽。“想儿子是一种病，比相思病还要难过”，之前朋友们经常这样打趣老梅。

最大的一次考验来自2010年春天，尔清跟着学校去英国游学，那两个多月的时间里，老梅坐立不安，心惊胆战，时刻关注英国的天气预报，各种牵挂……直到有一天看到一篇老师转来的尔清的作文，写自己想家的感觉，写自己去学校后面的小山上眺望北京的方向，距离是九千五百四十八公里……

现在对老梅的考验是，在尔清去美国留学之后，怎样保持他们之间的关系，需要时刻把他置入"监视"中吗？用一个怎样的尺度来把握？每天一个电话，一次视频，还是一个怎么样的节奏？尔清的大部分同学都有家长陪读，每天吃穿住行无微不至，尔清则一切都需要自己解决……

老梅纠结了一阵子终于想明白了：只需理解，无须把控。

首先还是要相信尔清，相信他是一个善良而有智慧的孩子，相信他可以自己把控好自己。尔清从小就是一个胆小而注重安全的孩子，老梅之前也曾给他写过一篇详尽的《安全须知》，把在外的安全常识已经做了详尽地介绍…… 所以尔清的安全意识是不会有问题的。

其次，对于曼哈顿的安全，老梅已经实地考察过了，那是一个文明程度比较高的地方，只有几个社区危险一点，老纽约们明确给尔清标注出了危险地带，平时不要涉足，这样想来也是没有问题的。

再者，经过这十多年的共同生活，老梅清楚，尔清是一个以音乐为毕生追求的人，只爱音乐，对其他似乎也没有什么追求，所以，他也不会做出什么出格的事情来。他的周边，也是一群跟他差不多的狂热的音乐爱好者，要论起来，爱音乐的孩子大多是阳光灿烂的。

还有就是尔清本身的性格，他是个与世无争的人，对周边的世界没有什么太多的物质热情，也懒得去竞争，所以，也不可能和周边有什么冲突 ……

基于这样的原因，尔清应该是安全的。其他的学生家长都会和孩子确定一个固定时间的交流，老梅和尔清之间没有这个约定，平时几乎也不打电话，只是微信交流，不用音频视频。其实，老梅藏了一点小私心，只有用语音留言或是文字的方式，这些才能留下来，这样想儿子的时候老梅可以反复听听，解解思念。

于是尔清便会经常发些自拍或是小视频过来，老梅把这些存在手机里，它们成了老梅最好的保健良药，时不时拿出来看看，立马便阳光灿烂了。

无须把控孩子，相信他会飞得更高，走得更远。在人生这场旅行中，和孩子们走过一段美好的日子，足矣。为人父母，总得放手，总得向前。

小贴士 智慧 81

◇ 母子一场，对老梅来说是完成上帝赋予的任务，也是完成一场自我修炼，十八年的人生相伴中，老梅学到了许多。随着孩子成人、远行和独立，作为母亲的老梅要学会放手，学会换个立场去理解。今后的日子里，老梅和尔清一样，都将独自成长，然后互相致敬。

梅想到

写在后面

成长真的是一件需要智力和体力的事，很多事情是不能重来的，也希望能引起大家的重视。孩子是明天，是未来，是上帝寄养在我们家的天使，一定得善待。事实上，在孩子成长的同时，更需要成长的是家长，尤其是妈妈。

老梅的检讨

转眼间尔清已经十八岁了，考上了自己心仪的大学，独自在波士顿上学，老师、同学、同行们关系都不错，学业也算精进。这个时候，老梅在反省，作为一个母亲，自己在这十八年中没有做好、没有思考到位的事情都有哪些？这些不到位的原因是什么？也许这对其他妈妈能有一些参考价值。

第一，良好的生活习惯是需要母亲建立的，孩子们经常会复制这些习惯，老梅在这方面的自律是不够的。

因为长期写作和影视拍摄，老梅形成了爱熬夜的习惯，经常是越夜深越兴奋。之前在企业上班时，主要的写作时间是晚上8点到凌晨2点，后来到电视台工作，也愿意选晚上的机房通宵剪片子。尔清来了之后，老梅只在怀孕和尔清的哺乳期保持了相对规律的生活习惯，给尔清断奶之后，便开始变本加厉地在深夜工作。当时没觉得，但是之后这种潜移默化的效果就显现了，王尔清同学就是不爱睡觉，他的平均睡眠时间一直都比同龄孩子要少许多，从婴儿到少年，一直都是这样的，用他的话说叫“舍不得睡”。平时在家十一二点才肯睡，早上6点多就又醒了。

睡眠问题一直是尔清的疑难问题，直到今天，尔清在波士顿上大学了，他还是习惯于晚上工作学习。老梅承认，自己的作息时间给尔清做了一个很不好的示范，至于这样的作息时间对孩子的自身健康有什么样的影响，因为年轻，还真是不知道。老梅这里先认一个错，供批判。

第二，选择什么样的偶像，其习性会给孩子的幼年留下强烈的印记。

虽然老梅是个生活里略显凌乱的家伙，但古鲁却是个有洁癖的人，加上家里有阿姨专职打理卫生，所以平时家里还是蛮整洁的，尔清也能保持好一个相对整洁的习惯。

六七岁时，尔清迷上了音乐，时常会看一些关于音乐家的传记片，结果，在连看了莫扎特和贝多芬的传记片之后，他的日常习惯变得渐渐凌乱起来，甚至为凌乱而凌乱，口里还说着：“艺术家就是这样的！”于是老梅便想各种“解药”，比如关于有洁癖的作曲家的故事……

之后尔清跟王宁老师学作曲，王宁老师家也是略显凌乱的，这是他在现实生活中遇到的第一个真正的作曲家，于是又是一贯模仿。终于，后来的两位老师周海宏先生和秦文琛先生，家里都是整洁而舒适的，他的生活习惯这才有了真正的改变，不论是周边环境还是自己写作的谱面，都变得越来越整洁。

老梅的体会是，在孩子幼年的行为模式上，选好他自己的榜样，尽量避免副作用。

第三，关于吃饭这件事，老梅也是犯了不少错误的，对于饮食问题缺乏足够的重视，以至于尔清先生现在的饮食习惯中毛病多多。

法国儿童营养专家认为，孩子在两岁之前应该尽可能地接触多种味道，以发展孩子的味觉。在这方面，老梅做得实在是不够，虽然每天吃足了量，但是，并没有多种多样，不够丰富，导致孩子偏食。尔清虽然对吃的要求不高，但是长期以来，偏食比较严重。早期的住校生活中，他偏食很厉害，而且不爱吃水果。老梅迄今搞不清楚，是不是因为老梅患有糖尿病不能吃甜品，平时的主要水果是黄瓜和西红柿才导致尔清什么水果都不爱吃？直到现在，尔清对于吃饭这件事也是极为马虎的，能凑合就凑合，这对于成长中的孩子来说，危害还是蛮大的。但等老梅觉悟到这一点，想要努力校正的时候，已经很困难了，每次吃什么、怎么吃都可能导致一场口舌之战。

在两岁之前培养孩子良好的味觉，是一件让孩子受益终身的事，不要指望着成年之后的自然校正，那几乎是不可能的。

第四，避免太早上学。这是老梅要重点深刻反省的地方。早上学，对于孩子的伤害是显而易见的，是一种拔苗助长。

尔清上幼儿园就早一年，一级一级地跟上去，自然地就到了进小学的阶段。当时，常规的入学年纪是七岁，但老师们说，即将六岁的尔清智商和能力上小学应该没问题。老梅想着他已经熟悉了这里的环境，也就直升了吧，这里的小学是五年制的，比常规的少一年，且是自编教材，老梅觉得这套教材要比一般的小学教材更有意思，就让尔清随着大溜进了小学。

尔清比大部分孩子小了一岁，而在这个年纪的一岁，似乎差距还是很大的，加上尔清个子一直不高，比起那些强壮的孩子来，体力真是差得太多。他的体育越来越落后，那些个子高大的学生，爱足球，爱冰球，热爱身体冲撞，一旦上体育课，尔清会自然地成为一个拖团队后腿的人……

进了初中之后，尔清的同学都要比尔清大两岁。所以，无论在宿舍管理还是体育课中，尔清经常会成为拖后腿的那个人，就说宿舍管理叠被子这样简单的事，尔清因为个头太小，总是拉不动那条巨大而沉重的被子，更别说把它叠成四四方方的“豆腐块”了。因为他，宿舍也很难拿到流动小红旗，所以在团队里的加分也就自然消失了，他只能靠自己“艺术家”的身份和其他方面的努力来摆平。尔清那时的个子也就一米五，要和一米七五、一米八的同学一起训练篮球，难上加难。所以初中三年，他的体育始终是勉强及格，他个人的强项是游泳，但平时学校的课程中没有这一项，他也就没有了大显身手的机会（其实若真要比赛，他也未必能赢）。所以在小学和初中阶段，尔清都是在用自己的“文艺特长”来补体育的短板。

有时想，让孩子早早地上学，看起来起步早，但却是真正地“输在了起跑线上”，因为他相比同龄的孩了，真是相差许多。不仅是在身体上，还表现在对社会经验的把握上。一般来说，年龄大的学生比较容易成为学生领袖，因为相对成熟，对于整个团队的把握性较强，这也是许多中小学中年龄稍大的女生容易成为班干部的原因。

所以，尔清在整个小学和初中过程中，一直是一个有特点的边缘生，同学们只有在各种文艺会演中才会想起，班里还有这样一位“音乐家”。

现在的老梅主张孩子稍晚上学，这样他自己在团队里会更加轻松，可以更加自如地去学习和生活。因此，在美国的这一年，自觉地把他降了一级，这样他可以和自己同龄的孩子一起去学习和生活，压力自然小了许多。

体育这件事一直是尔清的短板。可能是遗传，可能是从小没有享受到“玩”的乐趣，也可能是因为上学时年纪太小，很难在体育活动上占什么优势，于是尔清的体育一直是勉强及格。在游泳、溜冰这样的个人技术性强的项目上还行，一旦面对那些有身体接触的运动，尔清经常是一败涂地。短期看来，这似乎影响不大，但长期看还是有很大的问题的，越到成年，做事情越需要体力和耐力，为了应对之后的指挥课，尔清买了哑铃练臂力，之后也开始跑步，但这些弥补性的锻炼相比于那些从小就扎扎实实练体育的孩子，还是有很大差距的。

要是能重新开始的话，老梅一定会不惜代价把王尔清轰到体育场上去！

独自上路——写给十八岁的王尔清

亲爱的儿子：

9月29日，你的十八周岁生日，正常情况下应该是有一个成人礼的吧，但是此刻，你在波士顿，老梅在北京，于是老梅决定给你写封信，而你决定去看一场音乐会，我们彼此告诉对方——王尔清先生今天十八周岁了！“成人了”！

虽然是个普通的日子，但王尔清先生十八岁这个日子对老梅来说，还是有点别的意义的。作为一个监护人的使命已经完成，从今天起，你出国办签证不需要老梅跟随或是去办一个“公证”，你可以独立办自己的信用卡，可以独立买房，可以考驾照……总之，你可以独自上路了！

虽然老梅不再是你的监护人，但老梅依旧是你的母亲、你的朋友、你的参谋，是你开心时的加油站，是你伤心时的疗养所……

独自上路时，老梅还是要把之前所有的叮嘱和挂念再唠叨一遍，以后就会闭嘴了。今后的路都得自己独自走了，老梅最后说一次——“行路规则”。

第一，善意和诚实。

在这十八年的人生里，你算得上是“集万千宠爱于一身”了，你带着深深的祝福抵达人世，享尽雨露恩惠，就像你们PCS高中毕业时校长的赠言：你们接受的是精英教育，比一般的孩子接受了更多的关爱，为的是你们今后能更多地回报这个世界，做出真正改变这个世界的事业来，这个世界给足够优秀的你以最好的教育，未来的你也必须给这个世界最好的表现。

在老梅看来，这个世界如此善待你，那么你必须以加倍的善意回报这个世界，任何时候都保持你对这个世界的善意。

诚实地面对世界，面对自己，不以物喜，不以己悲，坦坦荡荡地面对未来的一切。不管未来你取得怎样的成就，“一个诚实的人”会是老梅心中最高的评价，诚实会给你带来一个纯净的世界。

第二，安全与健康。

这是我们快乐生活的前提和源泉。安全是基于常识的安全，没有贪欲，远离喧哗，足以保证你日常的宁静和平安。

远离繁复的金钱交易，不借钱给人，也不向人借钱，保持简洁的人际关系；不炫富，不势利，不让别人用经济指标来评价你，保持你的低调舒适的生活；不钻营，不投机，不恃才傲物，自觉远离那些“负能量的人”、那些“危险的人”、那些不遵守规则的人。不要让别人伤害你第二次，也不要去尝试那些已经被公认有害的行为，比如吸毒、酗酒，这些都是不归路。人生中美好的体验多的是，你脆弱的小身板没有必要去以身试法。

安全更多来自你自身的心态，只要沉迷在音乐和阅读中，你就是安全的、平静的，不“作”不死，相信在学习和创作中的你总是快乐而安全的。

至于健康，十八岁之前靠天赋，靠基因，在十八岁之后则更多地要靠你的自律和自觉了。管好嘴，迈开腿，希望老梅从前各种不良生活习惯在你这里能有效地戒除。警惕身体的一些提示信号，健康才能快乐，独自在外，这是关键中的关键。

第三，责任和底线。

艺术无疆界，但行为有底线，这个底线就是良心和良知，是人类普遍的价值观，人生而自由平等，每个人都有追求幸福的权利。多年来，你养成了独立思考的习惯和能力，不随波逐流，不盲从，不轻信权威，跟着良知走，跟着真理走，有骨气，有脊梁，有担当，不逐利，不媚权（权威和权贵），希望你终生坚持。

你生来承受了太多的关爱和恩泽，自然也得承担起自己的责任。任何时候，都要为自己的选择负责，不管是艺术还是情感，不管是社会责任还是未来的家庭责任，做一个有责任感的人，一个有担当的人。

第四，梦想和实践。

老梅知道你从小最不缺的就是梦想，而且你比一般的孩子更早就开始了自己的梦想之旅。这么多年，一个个小梦想的实现给了你足够的自信和鼓励，希望在未来的道路上总有梦想伴你同行，也希望任何时候你的梦想都不要被物质或是功利绑架。

梦想的践行是艰苦而又寂寞的，但你却好像从来没有觉得辛苦、疲倦，许多个夏天，看你一个人光着膀子在小屋里写曲，听音乐，一坐就是大半天，却总是满脸光彩，欢乐地享受着创作的愉悦。老梅不知道走上专业创作的道路之后你是否能保持这种状态，毕竟之前只是一个音乐爱好者的迷恋状态，而未来作为职业音乐家将要经受更多的挑战和更深的寂寞。但愿有音乐相伴的你永远快乐，所谓“名”，所谓“利”都不能影响你创作的快乐。

十八岁了，看到一个独立成长的生命欣欣向荣，作为母亲的老梅也是